Kadokawa Fantastic Novels

2

U0025665

坐我隔壁的前偶像，要是沒我的企畫就無法過日常生活

CONTENTS

「奇……怪？」
我聽得見粉絲的聲音，
他們的聲音大到耳麥的聲音傳不進耳裡。
明明我總是在觀眾席中尋找蓮的身影。
我只會和蓮正眼相視。
今天我卻……
能夠和觀眾席中的所有人，一個個對上眼。

這哪有什麼不可思議的？
因為我跟喜歡的人在一起不是嗎？
因為想成為「能跟喜歡的人在一起」的自己，不是嗎？

是啊，真的很開心。
與蓮同學相遇以後，
我的心情都亂糟糟的，一直變來變去。
明明不順心的事情接連發生，
卻連那些種種都讓我開心不已。
要說「不可思議」，
也未免過於虛偽、太可笑了。

「就算沒有我，柏木同學依舊有很多朋友，
所以你願意這樣對我，讓我真的、真的很開心……」
琴乃說著，
舉起手伸向星空。
「彷彿為了我而特地降臨到這裡一樣。」

坐我隔壁的前偶像，要是沒我的企畫就無法過日常生活

2

Author
飴月
Illustrator
美和野らぐ

Kadokawa Fantastic Novels

一、夏天的開始，是曖昧關係的結束

七月中旬。因為夏季的濕熱，教室中的氣氛變得慵懶散漫。此時鐘聲響了起來，聽起來莫名地有朝氣。

——不對，應該是在我耳中聽起來很有朝氣而已。

「啊——終於考完了……」

聽見通知期末考全科目考完的鐘聲，本人柏木蓮索性癱軟地趴到書桌上。

畢竟還未待文化祭的氛圍完全散去，學校便馬上進入期末考週。

在文化祭上傾注全力的我，當然沒有充分準備考試，況且幾乎每天都處於將近徹夜未眠的狀態。我在這個狀態下好不容易念完期末考範圍，現在因為睡眠不足而疲憊不堪。

對著趴在桌上的我，一道開朗的聲音自頭上傳來。

「蓮同學，辛苦你了！」

她是香澄美瑠，今年轉學到這個班級，曾經是一位國民偶像。

她身上穿的制服，從西裝外套換成了純白的短袖襯衫，短裙底下那修長的雙腿實在太過耀

眼。胸前的蝴蝶領結同樣換成了夏季樣式，以白色為基調的緞帶帶來了清爽的氛圍。

順帶一提，我們學校的制服在這一帶也是公認數一數二可愛的。拜此之賜，讓我們大飽眼福。

「考得怎麼樣？寫起來的手感如何？」

「還算過得去吧。」

手中拿著作業簿的香澄對我笑了笑。

香澄也是文化祭委員，她的行程表應該跟我一樣才對。為什麼我都累成一灘爛泥了，她今天卻依舊那麼閃閃動人啊？

縱使把她本身的高顏值也考慮進來，這份動人還是很不可思議。她是什麼體能怪物嗎？

「……不愧是當過偶像的。」

「呃～這句話可以當成誇獎吧？我就感激地接受嘍。」

「好喔～」

香澄厲害的地方不是只有這樣，「其實她完全不會念書」這種假說完全不成立，她可以稀鬆平常地取得學年前幾名的成績。

她好像認為什麼「當偶像很忙，所以沒辦法念書」都是藉口，因此不想講那種話的樣子。

而且她也說過：「成績好對我當偶像也沒有壞處不是嗎？」

聽到她這樣說，不禁讓我覺得她的專業態度真的充斥全身，從指尖到髮梢都是，令人有點生畏。

不過，這正是香澄美瑠之所以會是香澄美瑠的原因。

她不會將事物區分優劣，面對任何事情都全力以赴。既然知道了她那些帥氣的地方，我也非得好好努力才行。

因此那句話當然是貨真價實的誇獎。我可是很尊敬妳的唷。

但我不會告訴她本人就是了。

「蓮同學全身都散發著疲憊氣息耶。我來幫你把作業交出去好了，這是特殊待遇唷。」

「真的假的？實在幫了大忙耶～拜託妳了。」

「呵呵呵，沒問題的。美瑠知道蓮同學一直在努力嘛。你不想因為找到別的目標，就讓排名往下掉，對吧？」

香澄說著，露出柔和的笑容。

「這樣的蓮同學，我最……」

「…………」

「不喜歡了。」

「咦？」

還以為平常的「最喜歡你攻擊」要來了，害我都做好準備了耶，結果出乎意料，反而嚇我一跳。

「不是這樣。不是這樣但也沒錯啦。呃……該怎麼說才好？等等唷，讓我翻一下我的腦內字典。」

「喔、喔……」

我的步調被突然慌張起來的香澄給擾亂，也跟著臉紅了起來。

——因為「我愛你」這種話，我還是第一次講。

我回想起幾週前香澄對我說過的話。

從那天以後，香澄就有點怪怪的，就算我們很平常地在聊天，她有時也會像這樣突然停頓。然而我到現在依舊沒有勇氣問她，是不是因為那天的對話才變成這樣。於是我總是像這樣，乖乖等待香澄換個恰當的說詞。

香澄的臉蛋慢慢地變紅。她把手按在額頭上苦思，我則瞇著眼守望著這樣的她。此時她的身後有一道聲音傳來。

「那個……不好意思打擾你們了。可以請兩位快點交作業嗎？只剩你們還沒交。」

「真的假的！抱歉，剛考完試有點太放鬆。」

朝我們走近的是久遠琴乃。長長馬尾隨著步伐左右搖擺的她，是這個班級的班長。我與香澄

把作業交給琴乃後，她便幫我們轉交給當小老師的同學。

琴乃今天也是一絲不苟，保持著優等生的姿態，宛如一朵高嶺之花。

到底是怎樣？累成一灘爛泥的只有我嗎？

「真是的！雖然知道柏木同學不可能沒寫完作業，但是你振作一點好不好？」

「妳太抬舉我了。」

「沒那種事。我這次數學會考贏你的！」

「拜託不要！我勉強能跟妳較勁的就只剩數學了！」

話說，學年第一的傢伙別講那種話啦。我之所以沒辦法敷衍考試，有一部分的理由就是因為琴乃會說那種話挑釁我。

「美瑠連爭執都加入不了耶。你們兩個可以多在乎我一點唷？」

旁聽我們對話的香澄鼓起臉頰，盯著我們看。

與香澄對上視線的琴乃明顯動搖了起來，開口說：

「香澄同學是，那個……存在本身就滿分了！妳看，香澄同學只要在考卷上寫名字就能當成國寶了嘛，妳的力量跟我們的次元完全不一樣！我在誇獎妳唷！」

「妳的言行舉止常常會突然變得很奇怪耶。」

極限偶像小宅女，講話慢一點啦。

我知道妳還沒習慣跟喜歡的偶像同處一個空間，但是上學期都要結束了，差不多該冷靜下來了吧。琴乃一直扯我襯衫的衣襬，暗示我「快給我幫忙圓場」。拜託可以不要再扯了嗎？

「話說回來，妳們已經決定好暑假的行程了嗎？」

我突然想到，於是便問出口了。此時香澄露出得意的表情回答：「問得真是太好了！」

「其實我明天要跟舞菜她們去一間地點很隱密的咖啡廳唷。聽說那家店的午餐套餐很時髦呢。怎麼樣？羨慕嗎？」

「該說是羨慕嗎……應該算是感動吧。」

那個香澄！居然要跟朋友！去吃午餐？

能走到這一步實在太了不起了。獲得的成就感之大，甚至讓我有那麼一瞬間覺得自己可以往教育領域邁進。

我誇張地裝出擦拭眼淚的樣子。而我身旁的琴乃則真的眼眶泛淚，不僅是粉絲的愛，就連母性本能都被激發了出來。妳冷靜一點啦。

「總之真是太好了。妳可要變裝好再去喔。」

「放心交給我吧！別看我這樣，那方面的準備我可是萬無一失的唷！」

我還是覺得有點不安，但這裡就相信舞菜吧。

她的話一定會好好指正香澄「可疑」的舉動，況且舞菜很會照顧人。

我如此想著。除此之外我也隱約……真的是隱約在心裡浮現了一個想法——她也會跟我以外的人出門啊……

這就是孩子離巢時，父母心裡的感覺嗎？

香澄交到除了我之外的朋友，是一件值得高興的事，實際上我也如此期望著。更何況那應該也是她的最終目標之一才對。

但或許是因為我們從春天開始就一直在一起，我現在覺得莫名地寂寞。

「對了！琴乃也要一起來嗎？」

「我……我有事情要忙，這次就容我婉拒吧。」

「這樣呀～好可惜。要是暑假期間我們兩個人可以一起去哪裡玩就好了。」

「真，真的可以嗎？」

「當然可以呀！」

她們兩個似乎因為這個開心的話題而興奮了起來。

琴乃與香澄相處融洽這件事……該怎麼說呢？總覺得還能接受。我只會覺得「她們看起來很開心，真是太好了」而已。

但究竟是為什麼？一想到香澄在我不知道的地方，朝別人露出興奮喜悅的眼神，我心裡可能就會有些疙瘩。

香澄她明明就不屬於我。

交友關係屬於極端廣泛而淺交的我，久違地交到一個真的關係很好的朋友——或許是因為這樣而使我的感覺出了問題吧。即便我主張「第一個跟她當朋友的是我」，這個身分也沒有任何效力，所以還是立刻把這種想法丟進垃圾桶比較好。

「蓮同學，你怎麼了？」

香澄好像注意到我盯著她們倆發呆。

於是便仔細端詳了我的表情。

「沒事啦。我只是在想『要是暑假期間我們三個也能見個幾次面就好了』而已。」

蟬鳴聲穿透窗戶，傳進我們的耳裡。

一生只有一次的高中二年級的夏天，已經開始了。

期盼已久的暑假第一天——

在這如此耀眼的日子裡，我早已決定好要做些什麼。

「好，來看吧……！」

我看著眼前堆積如山的電影ＤＶＤ，裝模作樣地捲起袖子提振精神。

突然這樣說可能很突兀，不過我認為，度過暑假的方法因人而異。

有人會先把暑假作業都寫完，有人會有計畫地分批寫，也有人會玩到最後再動手。田所或舞菜就是典型的玩到最後的那群人，我被他們哭著求救了好幾次。

而我想各位應該也猜得到，琴乃是會有計畫地完成作業的類型，我則是一開始就把作業完成的那種人。

對我來說，暑假是可以將平常沒辦法做的事一個個試過的絕佳機會。旅行、觀星或是水上運動等，很多事情都要有時間才能嘗試。

為了集中精神挑戰那些活動，一開始就把惱人的雜事給處理掉，對我來說是理所當然的做法。

老實說看著空蕩蕩的行事曆，我就會覺得必須做點什麼，不然會靜不下來。或許是因為我對自己沒信心，才會認為只有「忙碌中」的自己具備存在的意義吧。

我甚至還被父母與琴乃叫成「蓮鮪魚（註：鮪魚的身體構造不能主動吸水，所以必須靠游泳讓水進入嘴巴，才能用鰓過濾海水獲得氧氣。因此被日本人拿來比喻成「不動就會死」的人）」過呢，似乎是因為停下來就會死，才有這個綽號。而且沒辦法否認這點讓我心好累。

其實今天我本來是打算一鼓作氣完成作業的——結果卻無法抵抗慾望。這兩個星期我完全沒有看電影，都是為了準備考試。

儘管被稱作「鮪魚」並非本意，但時至今日我依舊選擇了這樣的生活方式。而這樣的我，其實有個壞習慣——一旦沉迷於某項事物，直到我厭煩為止都會一心一意想著它。況且那件事的優先順序會高於任何事物。

所以要說我是為了精進它而把作業一口氣寫完，也絕非胡說。

好比說——明明沒有打算要認真看這本書，然而一旦開始讀下去，便發現它有趣到讓人欲罷不能，因而廢寢忘食讀到最後……這個說明應該就比較好理解了吧？

我的腦中直到文化祭為止都是這個狀態，還好活動告一段落，我好不容易才屏除對電影湧現的熱情，專心準備考試。希望在暑假期間不要被爸媽叨唸：「給我去念書。」

於是乎，暑假的第一天，我只帶了錢包便奔向ＤＶＤ出租店。

那可是一座寶山，一張ＤＶＤ只要花兩百日圓就能借回家耶，出租產業實在是太厲害了。而且對學生的錢包負擔也不大，真的幫了我大忙。

我一直都滿喜歡電影的。雖說我這輩子並非完全沒有接觸過電影，卻也沒有對電影很熟悉。

——我想要注入更多熱情在電影上。

而我現在已經夠喜歡了，況且對它仍抱有熱忱。然而與之相反的是，我的心還在懼怕著。

我不免擔心「這次會不會也一下就厭煩」，也懷疑「當時的熱情該不會只是文化祭的魔力罷了」。

甚至覺得「能和香澄一起挑戰的話，就算不是電影也行吧？」

為了消弭心中這些膽怯的聲音，我現在主動注入熱情在電影上，全心全意地去喜歡它。

「這些我全都租了！」

我在出租店的櫃檯上堆滿精挑細選過的影片。

我的每個夏天都有苦澀的回憶。說有多熱衷就有多熱衷，然後到了天氣涼爽的時節就盡數放棄。一旦回想起那些往事，我的確就像鮪魚一樣一味往前衝，彷彿要把自己不曉得的事情都學會似的，卻沒想過自己之後想成為什麼樣的人，或是想做什麼事。

「看電影」這件事，在旁人眼中一定只是消費行為而已，與我至今為止的所作所為又有何不同呢？以前沉迷過的漫畫、遊戲也都是這樣，消費夠了以後就換下一個項目。我比誰都要了解自己以往正是不斷反覆度過這種生活。

看著五花八門的ＤＶＤ包裝盒以及上頭的故事大綱，總讓我雀躍不已。

然而在挑選電影之際，總有個想法會附著在我的腦子裡。

那個想法為何？我現在尚沒有辦法用言語來說明。可是我有預感，看完這些電影以後的我，一定能夠把它用言語給描述出來。

——想必只有到時候的我，才有辦法回答出那個答案。

「…………完蛋啦～停不下來耶。」

半夜兩點。我單手拿著提神飲料，整個人好像要被吸入電視一樣，死盯著螢幕。

然後「吸～」地啜飲——味道極度近似柑橘類的——飲料。預支生命的感覺實在太棒了。

爸媽都出差去了，我可以無所畏懼地攝取這些東西。

肚子空空如也，已經空到什麼感覺都沒有了。但是多虧提神飲料，我的腦筋十分清晰，可以感受到腦袋正在榨擠出多巴胺。

「好開心喔。」

沒錯，真是太開心了。我整個人情緒高漲，身體好像在訴說「我想快點知道後續」一樣，令人按捺不住興奮。

「……再看一部就不看了。」

我喃喃說道，並且換上新的光碟。

看完下一部就好，絕對、絕對看完下一部就停，再怎麼樣都該睡了。

「唉～我這個人啊～真的是……」

結果我闔上眼睛的那刻，已經是——把所有租來的ＤＶＤ都看完的——四天後的中午了。

你們能理解當我發現ＤＶＤ已經看到最後一張時的心情嗎？

如果問了這個問題，香澄她應該會露出理所當然的表情回答：「嗯嗯，我懂唷。」琴乃則會用看垃圾的表情問我：「為什麼會停不下來？」吧。

我一邊想像與她們的對話，一邊仰仗猶如風中殘燭的意識，看著我在睡前胡亂寫下的筆記竊笑。

・要是我的話，會把那一幕移到最後。

・廚房那一幕的意義何在？

・結局太好玩了！好不甘心啊！

「拿自己跟專業的導演比還會不甘心，我也太不要臉了吧？」

但就是這樣啊，就是這種感覺。

我把全部的電影看完以後，**果不其然**覺得很不甘心。

不對，我看到一半就已經在不甘心了。

一開始只是感到「好有趣」而已。看到最後我卻一直在想，為什麼我不在那一邊（製作方）呢？

我滿腦子都在想「要是我的話會怎麼做」。

我先把筆記本拿回房間，然後再回到起居室，將散亂一地的ＤＶＤ收拾集中。明天要把這些都還回去。每一部都太有趣了。

但是明天，我應該不會租新的電影回來了。

「果然，我還是比較想自己拍攝啊。」

這一邊（觀眾席）已經無法滿足我了。

或許是因為我好不容易補充了睡眠，導致此刻的思緒異常清晰。

倒不是將來想成為電影導演，至少我現在尚未這麼想。

雖然已經到了該決定升學或就職的年紀，我還這樣想或許有些天真。但這並非基於興趣或是工作——

而是「我單純想嘗試」罷了。

我保持單純的心情思考，心臟卻瘋狂跳動，彷彿焦急地想要快點有些作為似的。我稍微思考了一下，隨即打開了ＬＩＭＥ。

我在跟琴乃與香澄的三人ＬＩＭＥ群組——「文化祭奮鬥者」輸入了訊息。這個群組的名字是我隨便取的，結果就用到現在了。

『明天要來聚一聚嗎？』

隔天。在天氣晴朗的過午時分，我家的門鈴叮咚作響。

「來了～」

我接起門口的對講機，看到她們兩個在螢幕中笑著對鏡頭揮手。

雖然攝影畫質有點糟，但仍能看出面帶笑容、身穿淡粉色連身裙的是徹底變裝過後的香澄。而穿著水藍色襯衫洋裝，狀似緊張地緊閉著嘴的就是琴乃了吧。

「唉——蓮同學真是的，在這麼熱的日子裡突然把我們叫來，這個代價很高唷！」

「外面好熱，熱到快融化了。」

我才剛把門打開，從她們口中便冒出了這些話。

我趕緊帶她們前往空調大開的涼爽房間。把坐墊拿給兩人以後，我走往冰箱。接著把昨天——因為時間太多——做好的點心還有飲料都準備好。

「對不起啦，我也沒想到今天會變這麼熱啊。」

「都熱到三十八度了。真希望負責營運地球的傢伙可以不要這麼隨便呢~」

「啊，話說回來，你爸媽不在家嗎……？」

「他們出差到今天，所以妳們可以放鬆點沒關係。」

「雖然不能因為家長不在就太放肆，不過還是承蒙你的好意吧。」

琴乃終於放鬆了些，一屁股坐到坐墊上。至於香澄一開始就坐了上去。或許是因為太熱了，她就像融化的冰淇淋一樣動也不動地癱坐著。

「這是布丁。昨天我網購了很多東西，所以沒錢了，這是我自己做的。」

「真的嗎！好厲害！」

「真的可以吃嗎？謝謝你！」

材料費總計兩百日圓而已。兩個人用閃閃發光的眼神盯著布丁，彷彿瞬間忘記剛才的酷暑般面露笑容。請她們來的代價意外地不高耶。

「好厲害喔，跟店裡賣的一樣。話說，蓮同學的興趣也太多了，我覺得有點可怕耶。」

「以前的經驗沒有白費呢。就我來說，我比較希望柏木同學能一直沉迷在料理就好。」

「難不成蓮同學是擅長下廚的男生？」

「沒有啦，沒到那個程度。家常料理我幾乎做不出來，只會做甜點而已。」

畢竟我對分量拿捏很講究，像家常料理那種「鹽巴少許」、「砂糖一搓」的食譜，我完全看不懂。

「順便問一下，你為什麼會想做甜點？」

「為了節省吃甜點的開銷，還有滿足好奇心吧？」

「真虧你會想要在甜點上節省開銷耶。對我這種手不靈巧的人來說，甜點一定要用買的才吃得到呢。啊，話說回來，你那麼省吃儉用買來的吉他，現在在哪裡……？」

我迅速瞥開視線。請別談及這個話題行嗎？

只要說「光是沒有忘記做甜點的手藝就算賺到了」就好。

「總之！這件事先放一邊吧。」

我強硬地轉移話題，秀出今天早上送達我家的網購商品給她們看，裡面的東西還放在紙箱中。

「這是什麼？」

「這是三腳架，然後這是魚眼鏡頭。這幾天我看了一大堆電影，覺得實在是太讚了，完全欲罷不能，衝動之下就買了這些東西。」

我絲毫沒有後悔，也不想後悔。現在我有了器材、時間，以及幹勁，剩下的就只有拍電影而已。

當我湊齊了這些東西，這兩個人的臉隨即浮現在我的腦海中。雖然一個人也能拍攝電影，但是我心裡仍會希望有人推我一把。我依然會覺得可怕，多少會想找人撒嬌。

同時，我心中還有個更強烈的想法——正因為跟這兩個人在一起，我才會想要挑戰。

「那個……真的是如果可以的話啦，不如說我非常理解妳們兩位的忙碌。要不然我可以請妳們吃午餐。妳們只要一聲令下，我也能幫妳們寫作業……」

「別再說些有的沒的，快點進入正題吧。那麼客氣會讓人覺得不被信任，反而讓人很不爽。」

「就是說嘛。再說我們也一起跨越文化祭的難關了，蓮同學想說什麼，我們怎麼會不知道呢？我們只是想要蓮同學親口說清楚而已！」

望見兩人的表情，我頓時語塞，眼淚都快盈滿眼眶了。

「我……想要在暑假時……拍電影。妳們兩位可以幫我的忙嗎！」

「呵呵，可以呀。倘若蓮同學導演無論如何都要我幫忙，那也是沒辦法的事呢。」

「就是啊。不過我只能在沒有暑修班的日子幫忙，這樣也行嗎？」

「完全沒問題，真的真的太感謝了。天才，愛死妳們了！」

太好了，實在是太好了。

哎呀，其實我掛念的只有這件事啦。就算知道這兩個人一定會幫忙我，我依舊作好了覺悟——最壞也要獨自拚到底。

話雖如此，我仍深切明白一個人的極限何在。

我握起兩個人的手，使盡全力把自己的感激之情傳達給她們。然而她們兩個的反應不是很好。

「……因為這種事被愛，實在有點……」

「柏木同學的愛太沒分量了。」

「咦？為什麼要對我生氣？」

即使問了她們，她們也裝出不理我的模樣。女孩子的心思也太難捉摸了吧。

不對，不只是女孩子，但凡是人際關係都很難拿捏吧。太深奧了。

「話說回來，蓮同學拍完電影以後，要做什麼都決定好了嗎？」

「拍完以後？是指什麼？」

「好比說參加比賽之類的，有什麼目標嗎？」

「我還沒有……想到那個地步……」

「我想也是。美瑠已經猜到了，所以找了個很適合你的目標嘍！說是這樣說啦，其實只是剛剛好看到網路上的廣告而已。」

香澄邊說邊掏出手機，把畫面秀給我看。

「U（under）二十二・電影競賽？」

「沒錯！這是某個訂閱制影音平台公司舉辦的比賽，他們在募集短片，而且不限類型。報名截止日在九月初，如果能在暑假期間拍完，剛好就能趕上了。一旦通過選拔獲獎，參加者的電影就能在他們的平台上播出了唷！」

「原來如此。參加資格也寫了『二十二歲以下』，如果是學生間的比賽，多少有些勝算呢。」

「對吧！而且贏了還能得到獎金，那樣就能湊齊器材之類的東西了！……要參加嗎？」

香澄用宛如寶石般閃閃發光的雙瞳看向我。

我不禁想要別開目光，好不容易才對視回去。

而琴乃那顧慮著我的視線，也深深扎在我的皮膚上。

她好像已經注意到我在想什麼了。

可能有勝算。可以獲得獎金。

她們兩個人的發言完全相信我可以獲獎，毫不懷疑。

這讓我很高興，同時卻也感到憂心。不過我知道就算再怎麼不安，也不能在開始嘗試以前就以退卻的心態來挑戰，這樣什麼都成就不了。

「你有美瑠我在呀。」

香澄搶在我發話之前說道，並且露出意志堅決的笑容。

「雖然我大概不能露臉演出，但是我有偶像時期的經驗，應該能成為你的助力。況且不是只有美瑠，還有可靠的琴乃在唷。我們有文化祭的經驗及教訓，現在也還有時間。這樣要輸很難吧？」

香澄想必也注意到我的心情了吧，但是她裝作不曉得，讓我可以用堅定的口吻回應她。

「這不是當然的嗎？我們會得獎的……不對，是一定要得獎！」

我的聲音中應該帶有一絲顫抖吧，她們兩個卻用充滿氣勢的聲音附和我。

從窗外照射而入的陽光刺眼炫目。

我的心臟一反常態地劇烈跳動，汗水稍微浸濕了襯衫。我隔著襯衫按住胸口，滿心期待著與

當天晚上——

「喂?琴乃~?」

『怎麼了?我在看小冬的音樂節目直播,很忙。』

忙歸忙,還是立刻接起我的電話,這正是琴乃對我的體貼。

國中至今五年多的友情真不是蓋的。

「呵呵……」

『你到底打來做什麼的?』

「沒有,沒事啦。」

開心到不小心笑出來的我,控制好表情後切入正題。

「問妳喔,妳後天有空嗎?」

『也太突然了吧?倒不如說你覺得我會有空嗎?』

「有空吧。因為每年暑假第一週,妳都會為了寫暑假作業而空出時間不是嗎?」

『…………是空出時間了沒錯。你明明知道我的習慣還故意讓我安排行程,說得委婉一點,

真的有夠差勁的耶。』

「數學作業的話，我會全力幫妳的啦。」

『如果是這樣……好吧，我姑且聽聽看你怎麼說。』

第一關通過。儘管我的確感覺自己說了很差勁的話，卻也有不能讓步的地方。

「琴乃，妳知道戶外電影院（Outdoor cinema）嗎？」

『不知道，我第一次聽到。』

「我也是剛剛才知道這個東西。聽說不是在室內舉行，而是在戶外開設電影院呢。所以可以的話，我希望妳能陪我去，行嗎？」

『……活動在哪裡舉行？』

「在山上，從學校搭公車約三十分鐘的路程。妳知道吧？不是有個可以看到滿天星斗的有名景點嗎？」

『喔，有纜車的那個地方對嗎？』

「對，就是那裡。那邊剛好在舉辦短片電影節，我想說可以當作參考……」

『所以你就強硬決定好日期了？……可以啊，既然是去學習，我就陪你去好了。我也想要學一些東西來創作新劇本。』

這次我同樣拜託琴乃幫忙寫劇本。雖然知道她本來就很熱衷學習，但是聽她這麼說，讓我的喜悅更勝對她的歉意。

「哇～～真是太感謝妳了。順帶一提，只要搜尋『星空下的電影院』就能找到了。查查看吧。」

『我知道了……欸，應該不需要過夜吧？』

「纜車會營運到晚上九點，況且地點也不在外縣市，應該勉強可以當天來回才對！現在是夏天了，日落時間也比較晚。雖然是有點擔心啦……」

『那就沒問題了。到晚上九點的話，只要跟家人報告我在補習班自修就好了。啊，但是香澄同學她一個人住，九點才解散的話不會很危險嗎？』

「咦？我沒有邀請香澄，只有我們兩個去喔。」

『……咦？咳！咳！』

電話另一端傳來被水嗆到的咳嗽聲。琴乃隨即突然關掉麥克風，聲音消失了。

「妳沒事吧！」

『完……全……沒事。』

我有點擔心她而關切了一下。過了一會，她才關掉靜音，以虛弱的聲音回應我。

她的聲音顯得有氣無力。香澄沒有要參加讓她那麼受打擊嗎？

雖然讓她錯過跟喜歡的偶像出遠門的機會令我很過意不去，可是我也有我的理由。

首先，文化祭的時候我給她添了很多麻煩，這次出行也包含了對她的歉意。

儘管我是真的認為可以學到東西才會邀琴乃出遊的，不過她在文化祭與期末考都卯足全力，所以我更想讓她看看美麗的星空，好好放鬆一下——這才是最大的理由。

倘若香澄也在場，琴乃一定又會顧慮很多事情，所以這次我才沒有約香澄。費用當然都由我負擔。沒有把去年打工賺到的薪水花光實在太好了。

順帶一提，還有一個理由是——我最近跟香澄的關係有點尷尬。

如果我們兩個剛好有機會單獨走在星空下，不曉得我會脫口說出什麼東西，太可怕了。

要是一直在意那些事情，就沒心思報答琴乃，也沒有心情學習電影了。

基於以上原因，這次我只有邀請琴乃。但是——

「啊——可是，如果妳覺得單獨跟我出門會尷尬，拒絕我也沒關係……」

『沒，沒問題！我只是以為香澄同學也會來，所以才會有點嚇到罷了。再說我們都已經單獨去看過電影了，沒什麼好尷尬的吧？』

「說的也是。」我一邊回答，一邊回想跟琴乃去看電影時的事。

——況且我也沒有老實到會跟父母報告要去約會啊。

「唔……」

『怎麼了嗎？』

「嗯，沒、沒事。總之詳細內容我會在ＬＩＭＥ上跟妳說。」

『了解。啊，差不多要輪到cider×cider出場了，我要掛電話嘍。』

「ＯＫ，好好享受吧。」

『呵呵，當然。那就再見嘍。』

掛斷電話以後，我依舊拿著手機，呆呆地看著琴乃ＬＩＭＥ的大頭貼。

她用雪花結晶當成自己的照片，很有琴乃的風格。

「呃，她當時也說過，那場約會是朋友間的活動嘛。」

這種誤會未免太過自我感覺良好，令人覺得難堪。

就算理解這點，我依舊回想起因為繁忙而塵封多時的記憶。我鑽進被窩，雙腳一陣猛踢，想要揮去那時的心情。

早上七點半。我在鬧鐘剛響時起床，做好準備好後，便出門前往會合地點。

我一邊用手機為這次遠行做功課，一邊等待琴乃到達。五、六分鐘後，只見遠方有個身穿時髦的白色T恤與黑色短裙的美少女，打扮清秀且便於活動。

那位美少女——也就是琴乃——看到了我的身影，小跑步朝這邊跑來，馬尾也因而晃來晃去。

「早啊。我也才剛到而已，妳根本不需要跑嘛。」

「不行，讓你等我未免太不好意思了。」

「不不不，現在距離約好的時間還有十分鐘耶。話說回來，居然會輪到我來等琴乃，沒想到會有這一天呢。」

今天奇蹟般地是我比較早抵達，跟平常的立場完全顛倒。我的強項可是「衝刺壓線」呢。

「……我超級不甘心的。」

「妳也太不服輸了吧？」

「才不是，我只是單純喜歡等待的時間而已。這段時間我會想像很多事情，例如猜想對方會穿什麼樣的衣服來之類的，我很喜歡這個片刻，可以讓自己冷靜下來。而且之後比較不會講錯話，實際見面之際也比較不會緊張……」

「原來如此。」

「我這次大意了。我可沒睡過頭哦，只是那個……前一天準備好的衣服感覺有點不對，所以換了一套以後就拖到這個時間了……不對啦，我才不想跟你分享這些事呢！」

原來如此，的確是講錯話了。話說，也許是因為有點慌張，她的語速比平常快很多，猶如停止說話就會斷氣一樣，不停地說下去。

琴乃平常給人的印象總是非常平靜，但她剛剛說「這樣比較不會講錯話」，意思是她平常的表現，都是在腦海中反覆推敲模擬的成果嗎？

「總覺得……」

「……對啦，很不像我對吧？」

「不，感覺滿可愛的。」

「什麼？」

「真可愛。班長的面具都碎滿地了。」

聞言，琴乃露出不可置信的表情看著我的臉，接著往我的背敲打下去。

「囉唆。柏木同學討厭死了。」

「謝謝誇獎。」

「謝什麼謝！我可是在罵你耶！」

「好啦好啦。」

「好啦？」

「總之該走嘍。要是在這裡一直聊下去，我們一大早集合就沒意義了。」

琴乃露出不服氣的表情，隨即從時髦的斜背包拿出筆記本。

「沒問題的，下一班纜車是三十分才會來，搭下一班公車過去完全來得及喔。」

「謝啦。話說，那是什麼？」

我往筆記本一看，只見上頭以工整的字跡寫著時刻表與菜單的項目。

「上頭寫著今天的行程表，以及想做的事情！有纜車的時刻表，還有我想吃的餐車的限定菜單等……呃，柏木同學該不會覺得我跟小孩一樣吧？」

「不會呀，這一面挺新鮮的，很有趣。」

琴乃明明是個大小姐，卻在大分量的菜單項目下畫了兩條線，這點尤其有趣。

就該這樣嘛，要多吃點唷。

我如此想著並點了點頭。此時琴乃突然低下頭嘟囔道：

「……反正我只是讓自己的行為看起來像個班長而已。」

在我猶豫著不知道該怎麼回覆這番話時，公車來了。結果我……裝作沒聽見而矇混了過去。

我們談論著暑假的計畫。沒過多久，纜車便開了下來，看起來就像大型摩天輪包廂一樣。

「你不覺得纜車這種東西，只要坐進去就會很讓人興奮嗎？」

「我懂我懂。畢竟能搭纜車的機會很少，窗外的景色又很漂亮。」

「對不對？呵呵～～等著我吧，餐車！」

原來妳在意的是那個而不是星空喔——這點先擱置不提。

琴乃以一如國中時期那純真的表情歡騰著。看到她這副模樣，就已經讓我覺得「邀她來真是太好了」。

眼見纜車慢慢遠離地面。當我們回過神來時，已經抵達了山頂。

照這個步調來看，回程應該也會相當順利。

「纜車的門打開以後，我們倒數三秒一起吸氣吧。山上的空氣一定很新鮮。」

「好哇，聽起來不錯耶！」

「哦，好像要開門了。三、二、一！」

吸～——我們將空氣吸滿了整個胸膛。

「……好像沒什麼差別耶。倒不如說，我聞到了ＢＢＱ的味道。」

「啊哈哈，真的耶。明明吃過早餐了，結果現在肚子就餓了呢。」

餐車的影響力著實驚人。

我們對視了一眼，隨即徑直前往販賣ＢＢＱ肉串的餐車。由於時值早晨，加上雖然現在是暑假，但今天依舊是個平日，整體來說遊客很少。拜此之賜，今天似乎可以好好地享受一番。

吃完熱騰騰的烤肉串之後，我們逛了好多個攤位，包括手工蠟燭、混植盆栽、打靶等，把幾乎所有的店家都逛完了。

這些店之中，讓我們最開心的是串珠飾品製作。

我們一起挑戰製作串珠飾品。儘管過程中都沒有說話，可是知道彼此同樣打算做禮物送給對方時，我們倆不禁笑了出來。

順帶一提，我做的是以紅色珠子為主體，穿插白色星星造型的珠子。做工看起來比店裡面賣的拙劣了些，那條手鍊此刻卻在琴乃纖細的手腕上搖晃著。

另一方面，琴乃做給我的飾品，粗細剛好與我的右手腕吻合。那是條橘色與白色相間的樸素手鍊，雖然絕對稱不上精美，讓我能夠理解為何琴乃會邊做邊眼泛淚光，但我非常中意它。

然而當店員誤會我們是情侶時，我的心臟瘋狂地一陣跳動。

況且琴乃還泰然自若地回答店員：「沒錯。」我的腦袋完全過熱了。

之後我若無其事地問了琴乃原因，結果她居然一臉平淡地說：「可以得到情侶優惠，不是很好嗎？」說真的，妳快跟我驚慌失措的純情道歉啊。

儘管如此，琴乃卻盯著手鍊說：「我會珍惜一輩子的。」表情就像得到了渴望已久的寶藏一般。

才想說香澄已經穩定下來了，沒想到下一個心機鬼會是琴乃，還真是讓人笑不出來。

在那之後，我們倆大玩特玩，在餐車買了咖哩當晚餐，坐在椅子上閒聊了一段時間。天色漸漸暗了下來。

星星看起來比平常還要漂亮，專程來到山頂實在值回票價。只能用「滿天星斗」形容的夜空璀璨閃爍，堪稱絕景，讓我不禁想起香澄。

「柏木同學！那是天津四，另一個是牛郎星對不對？這裡可以看得很清楚耶！」

琴乃查閱筆記本，開心地指著天空。

「好像是叫做夏季大三角吧？要是再找到織女星就完美了。」

「柏木同學很熟嘛，不錯唷。」

「這題難度不高，真是太好了。哦，時間差不多了吧？」

眼前的大銀幕頃刻間亮了起來，我們趕緊閉上嘴巴。

片刻之後，電影開始了。

今天預定上映的短片電影，是片長約三十分鐘的戀愛作品。

『所謂的戀人，會讓你聽見胸中的鼓動。』

這句台詞在電影中時不時出現，讓人印象深刻，莫名地扣人心弦，真是有趣。

再加上運鏡、剪接的手法，以及取悅觀眾的故事流程……能夠學習的東西太多了。剛開始我拚命地在記筆記，但是……

——但是從某個瞬間開始，電影便不再是我注視的重點。

「……………！」

我心想著「琴乃有沒有看得很開心呢？」而轉頭望向坐在身旁的她。

只見琴乃正在流淚，悄然無聲地。

她雙眼圓睜，淚水沿著白皙的臉蛋流淌而下。她並未注意到我正盯著她看，似乎完全被電影給吸引住了。

畫面中，剛好演到主角為了不讓女朋友死掉，在漁港飛奔的場景——可說是電影的最高潮。

我卻只看著琴乃，看著她沐浴在銀幕反射的溫暖光線下，看著她入迷地凝視著畫面的身姿。

我不禁覺得，與其說是可愛，更應該以美麗來描述她。覺得自己的同學很美，而且還是對有著五

年交情的朋友這樣想，令我害羞不已，只希望自己的腦中別浮現出這些形容詞。然而在被她難以言喻的表情給吸引的當下，我心想：「我也要拍出能讓人露出這種表情的作品。」

心想著自己：「非做出來不可。」

「總覺得很不得了耶。」

「…………嗯，真的很……不得了。」

看完這部會讓人沉默不語的作品後，眼下的氣氛使我們無法提出「時間很晚了，馬上回家吧」之類的話語。我們像是在共享觀影後的餘韻般，有一搭沒一搭地講述感言，一邊眺望著星空發呆。

「那一幕拍得真好，對不對？」

「哪一幕？等等，倒數三秒一起說好了。三、二、一。」

「最後兩個人跳到海裡的那一幕。」

「中間他們要上街的那一幕……喂，不一樣喔？」

「啊哈哈，怎麼可能剛好一樣嘛？我跟柏木同學的感受完全相反，為什麼交情還能這麼好呢？真不可思議。我們喜歡的東西甚至一個都沒重疊耶。」

確實如此，被琴乃這麼一說，還真的是這樣。

「不過聊起天來倒是滿開心的啊。」

「……跟我聊完天還會說『我很開心』的，也只有柏木同學了。」

琴乃說完，抬頭望向天空，星群輝映在她的雙眸之中。

「儘管這樣描述自己有點害臊，不過我的生活態度很嚴謹。以前即便有人仰慕我，卻從來都沒有人跟我深交，似乎是認為『她好優秀、好厲害，但是不適合當朋友』，因此總是跟我保持著微妙的距離。儘管在分組的時候不會落單，但是移動到科任教室時我都是一個人走。」

「有這種事？」

「有啊。然而柏木同學的性格明明跟我相反，卻沒有跟我保持距離，甚至還主動靠了過來。就算沒有我，柏木同學依舊有很多朋友，所以你願意這樣對我，讓我真的、真的很開心……」

琴乃說著，舉起手伸向星空。

「彷彿為了我而特地降臨到這裡一樣。況且柏木同學的生活方式，明明像是不朝某個地方前進就會死掉似的，卻從來沒有否定過我這種不自由的人生。你的這種地方……」

琴乃放下了手說：

「我真的很喜歡。」

「………那還真是謝謝妳。」

「柏木同學每次都是這樣回應呢。」

「什麼意思？」

「沒什麼。」

琴乃隨即優雅地起身，背向我往纜車的方向走去。

「我們差不多該回去了吧？」

此時此刻，琴乃究竟是用什麼表情說話的，我始終都看不到。

在回程的纜車上，我們彼此都沒說話，又或者該說是都在尋找話題而靜靜地仰望著星空。儘管去程意外地快，不過回程更彷彿只有一瞬。

當我回過神來時，已經回到今天早上集合的車站了。

「真的不用我送妳回家嗎？」

「嗯。要是被我爸爸知道我會被罵的，因為我跟他們說，我今天整天都在補習班裡自修。」

琴乃的口吻聽起來似乎已經完全放棄「老實告訴父母」這個選項了。接著，她小聲地開口道：

「那個……最後可以拜託你一件事嗎？」

「什麼事？」

「剛剛看的電影裡面，你印象最深刻的台詞是哪句？我們倒數三秒一起說吧。」

「不錯喔，好啊。」

於是我吸了一口氣，倒數：「三、二、一——」

「『所謂的戀人，會讓你聽見胸中的鼓動。』那一句……」

「『為了取悅某人而犧牲自己的人生也太無聊……』…………講錯了。」

「不，這哪有什麼對錯？這兩句都不是正確答案吧。不過我們的回答果然不一樣就是了。」

「…………就是說呀。我們兩個……果然不一樣呢。」

琴乃笑著說了聲：「好可惜。」接著轉身背向我。

「再見嘍。」

此刻——我做給她的手鍊上——那純白花朵晃了晃，猶如在空中發亮的星星一般，小小地閃爍了一下。

Side：久遠琴乃

——為了取悅某人而犧牲自己的人生也太無聊。

我能理解。即便可以理解，我卻依舊沒有改變，持續過著無聊的人生。

「……我回來了。」

我穿過大門，走往玄關。家裡的院子寬廣得很多餘，使得大門到玄關有段微妙的距離，說真的讓人覺得很煩。我走了約莫三十秒，好不容易才踏進玄關。

看到父親的黑皮鞋擺在——大理石製的——純白玄關前，我嘆了口氣。

客廳的門敞開著。明明平常都採放任主義，但一旦我這麼晚回家，他似乎還是會在意的樣子。

「還真晚回來呢。才上二年級而已，有什麼問題這麼棘手嗎？」

「沒有，只是想要做到一個剛剛好的段落，所以花了點時間而已。」

「這樣啊。不過妳最近回家時間都比較晚，離大考只剩一年了，妳應該沒有交到壞朋友吧？還是說有別的事……」

「什麼事都沒有，沒騙你。我讀書讀累了。晚安。」

一口氣說完後，我便逃離客廳，躲回自己的房間。

然後彷彿在心中體認到現實般地喃喃說道：

「……唉～柏木同學直到剛剛都還在我能觸及的距離呢……」

像是要平衡與現實間的落差，我再度切身地認知到這點。

父親與母親對「我」分明完全沒有興趣，但要是說到「自己的女兒」似乎就會突然關心起來。他們兩個想必認為自己的女兒既聰明又乖巧，只會跟父母覺得好的朋友來往，是非常聽話的女兒。

……………會這樣想是理所當然的吧。畢竟我為了不讓他們失望，為了讓他們需要，一直以來都是這麼活過來的嘛。

從小我就不太會表達自我。而在我沉默的期間，周圍的人們便自己討論了起來，自己歸納出意見。等我注意到時，那裡已經沒有屬於我的位置了。

「琴乃也同意這樣做吧？」

「嗯。」我只是對同學的話點頭而已。多虧父母親的英才教育，我的頭腦勉強還算不錯，周圍的孩子們都認為我是個「成熟又溫柔的女生」。

不是的，我只是不善言詞而已。我不想一直保持微笑，也並非總是保持沉著冷靜。

我不是一個生活只有念書的女生，待人也沒有多溫柔，相當自我中心，況且也有著無比熱愛的興趣——我喜歡偶像。

所以我也跟大家一樣——

「琴乃不用父母操心，真是太好了呢。」

「真不虧是我們的孩子，將來可以讓她繼承家業也說不定。」

「琴乃，妳好厲害唷。星期六還要學才藝對不對？我的話絕對辦不到！」

「咦？久遠同學今天放學以後能出去玩？啊——但是妳應該會覺得很無聊吧？大家都很粗魯，要是害妳受傷可賠不起耶。」

「就是說啊，琴乃不用陪我們玩啦。琴乃是大小姐嘛！喂——你們是不是強迫人家來玩呀？讓人家顧慮我們了啦。」

等我注意到的時候，已經無法挽回了。

「真正的我」只有我自己在乎。

父母之所以不會對我生氣，是因為我完成了自己的本分。什麼意見都說不出來的我會有朋友在身邊，是因為有個「大小姐優等生」當朋友，在各方面都很吃香。

大家總是對我說：「不適合的事可以不用勉強去做。」

如果真的想做的事不適合我，我該怎麼辦才好？

什麼事才適合我呢？

「琴乃是優等生嘛，感覺天生就很適合當班長。」

那個瞬間，我心中有個纖細的存在應聲斷裂。

「……嗯。」

就這樣吧。

被賦予的腳色我會盡力完成。我不想被討厭，不想孤身一人，請別對我失望，請別說：「不需要妳。」請不要把視線從我身上移開。

打從那天開始，我便決定要好好完成「班長」這個腳色。

「因為琴乃是乖小孩呀。」

這句話宛如詛咒一般，深深扎進我的心臟，溶入血液中，在體內循環。

我的生活猶如一部老電影無數次地反覆上映。直到遇見柏木同學之後，我那一成不變的日子終於開始出現變化。

我第一次吃到速食，第一次向老師表達不滿，第一次違反門禁。我有了可以表達心聲的對象。對方願意聽我聊自己的興趣，而且不厭其煩。

就算我跳脫了「班長」這個腳色，他也會用「那又怎樣？」的表情對我笑著。

都是因為柏木同學，讓我再度挖掘出曾經深埋的自我。

一旦與他說話，總是會讓我注意到「原來我自己是這麼想的啊」。

我徹徹底底地知曉了自己真正的為人。

「要是香澄同學沒有轉過來就好了……」

我根本不是什麼乖小孩。

如此想著的我，拖著疲勞的身體坐到書桌前，拉開書桌的抽屜，打開日記本，翻到文化祭前一週寫的那幾頁。

——討厭死了。香澄同學擁有我所沒有的一切，是個集眾人的憧憬於一身的女生。怎樣也不覺得跟我是同一類人。一旦對話，只會讓自己顯得更加淒慘。妳已經什麼都擁有了，可不可以不要連柏木同學都想擁有？拜託妳，請不要把他帶走。

為什麼米露菲會變成同班同學呢？

為什麼她會變成同班的香澄同學呢？

明明她還是偶像之際，我是那麼單純地憧憬她，可以不假思索地讚賞她的可愛。但現在我已經無法輕易誇獎她可愛了。

「我分明已經不想再弄髒它了……」

日記本的封面，早已因淚水濕而復乾，變得皺巴巴的。此刻水滴又一次滴答落下。

我知道，有些事再怎麼努力都無計可施。因為就算我露出一副被害者的模樣，有錯的依然是無法打從心底成為一個「乖小孩」的自己。

會交不到朋友，是因為我是個無聊的人；父母的感情會不好，是因為我無法維繫他們的感

情；沒什麼了不起的成就，卻能過得逍遙自在，是因為我做什麼都不適合，卻誕生到這個世上。

所以我必須讓自己再優秀一點。

既然如此，我至少要把「乖小孩」扮演得更好才行。

『四月十五日（一）

在班會決定學年目標時，沒有順利整合意見。在大家面前說話，我到現在都還會緊張。明明沒辦法做好班長的工作，我就沒有價值了。』

『七月三日（三）

同學邀請我去玩，但是我沒有自信能在教室外面開心地跟人聊天，所以只好拒絕了。我跟他們說補習班很忙，他們都很同情我。只要拒絕一次以後，就算哪天他們不再約我了，也不會讓自己顯得可憐。這麼一想，拒絕果然是正確的也說不定。我第一次覺得有上補習班真是太好了。』

『九月二十六日（四）

成績不錯，被誇獎了。然而因為不知道要怎麼回應才對，結果又失敗了。被誇獎以後不能太謙虛，要高興，然後道謝，這樣才不會像是在嘲諷對方。真想消失。』

歷代的日記本上寫滿了我矯正過的地方——這些都是為了讓自己更優秀。

我當然也有注意到，要是一直處於俯瞰他人的視角，便無法成為某人特別的對象。

但就連渴望改變而焦急萬分的柏木同學，也是空無一物不是嗎？

儘管看起來總是閃閃發光，卻跟我一樣空虛不已。

『十一月八日（五）

柏木同學開始學合唱，結果馬上就放棄了。他帶著失去熱情的眼神來跟我報告結果，不過似乎仍會嘗試別的事情。這是第幾次了呀？怎麼樣都看不膩。』

「………看吧。」

能夠踏出第一步的柏木同學固然厲害，但跟——如果做不到，一開始就不踏出那一步的——我沒什麼不一樣。

正當我這麼以為之際，柏木同學找到了電影，還是因為香澄同學的關係。

這讓我不曉得到底該用什麼表情呼吸才好了。

在學校佯裝沒事的樣子，回到房間便獨自嗚咽哭泣——我度過了無數個這樣的夜晚。

我喜歡什麼都擁有的米露菲，正因為喜歡才會羨慕她，也因此無法認同她。

於是在不曉得第幾個夜晚中，我注意到了……

——也許我也能變成他們那樣，不是嗎？

我期待自己也能走到他們那一側。

因為既然柏木同學都改變了，那我也可以。只要有個契機，說不定我也能像已經走到遠方的那兩人一樣。

在我起心動念後，我非常努力地學習寫劇本，已經寫好五部作品的劇本了。

在撰寫的時候的確很快樂，也讓我興奮不已。但是——

「…………今天的電影……好好看。」

——我的熱情，有多少比例是真心的呢？

一旦與那兩個人在一起，我總是在不經意的瞬間有所疑問。

這個疑問糾纏在我心中的某處。

——我是為了跟憧憬的兩人在一起，才會假裝自己也很熱衷不是嗎？

——只是為了逃離自己的本分，才假裝自己也痴狂著不是嗎？

——這種程度的偽裝，真的能夠成為他們的一員嗎？

就像這樣，越是看到優秀的作品，這些疑慮就越是往我身上纏繞。

為什麼人生不能在我喜歡的時間點結束呢？

我人生的終點，要是能選在今天被柏木同學誇獎可愛的時候就好了。

要是我的人生是一部電影，我絕對絕對絕對要在這個時間點播放片尾製作人員名單，因為再怎麼活下去，都不可能會有超越那個時光的好事發生了。

我臥倒在床上，抽出——當成書籤藏在書裡的——小冬（cider×cider的白木冬華）的照片，嘆了一口氣。

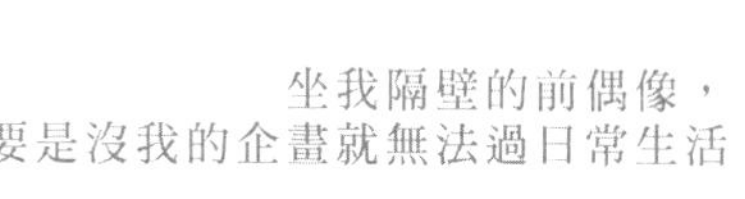

「小冬真的好厲害……」

小冬究竟是看著何處？以哪裡為目標？又是為了什麼人才能這麼努力的？

想必是為了自己吧。因為小冬一直都很拚命，看起來就像滿心只想成為一個成功的偶像一樣。

「我沒有辦法為自己努力啊。」

畢竟自己的極限，只有自己最清楚。

我會喜歡偶像，是因為就算她們離自己遙不可及，也不會令我感到空虛。可是小冬有時候會看向觀眾席，露出像是我「這一側」的表情，放棄似的微笑。

她卻依然站在舞台上面對觀眾席，不顧形象地展現演出。

以我的角度來看，實在不覺得她那副模樣是為了自己而舞蹈。我痴迷地看著她的表演，情不自禁地喜歡上她。

「如果就連那麼努力不懈的小冬都有得不到手的東西，那我死命站在他們那一側有意義嗎……………？」

不對，光是想得到回報，就已經很厚顏無恥了吧？

腦筋好像短路了一般，只看得見眼前的事物——正因為柏木同學和香澄同學都是那樣，我才會胡思亂想這些事。

我喀的一聲把房間的電燈關掉，躲進被窩縮成一團，想要逃避眼前的一切。在黑暗中，我看著在手腕上搖晃的星星，然後閉上眼睛。

誰來替我證明——證明我的熱情是貨真價實的吧。

『劇本完成了。』

在我們兩人參加完戶外電影的活動後，剛好過了一週，琴乃傳了訊息來。收到聯絡後，我們為了展開製作會議，決定儘早在香澄的家集合開會。

本來我們打算在家庭餐廳討論，卻仍會擔心香澄的身分曝光（儘管她已經能熟練地消除偶像氣場）。再加上香澄表示：「自己的房間太大了，一個人會很孤單。」我們才變更地點。

我原本認為既然如此，乾脆解除租約算了，但就安全層面來看好像也不能解約。真辛苦啊。

我和琴乃在——離香澄住的摩天大樓最近的——車站集合後一起前往目的地。我原本以為琴乃看到那棟高樓後也會很吃驚，但是她的反應比我想的還要平淡，讓我好失望。

真不虧是大小姐。這裡就只有我一個是平民嗎？雖然有自知之明，但我還是很沮喪耶。

然而進入香澄家中時，琴乃緊張得不能自已，模樣與看到大樓時的反應形成強烈對比。以琴乃的角度來看，自己喜歡的偶像的私人空間，意義似乎更加重大。

如此這般，走進客廳的我們圍繞在玻璃桌邊坐了下來。

三、正因為是最棒的傑作，這件禮服才會變得殘破不堪

「對不起，完成劇本花了很多時間。」

「不，我自己也在寫作業呀。我反而要謝謝妳這麼早完成它。」

「就是說呀！要是美瑠才沒辦法在十天之內完成一個故事呢！就算給我一年應該也辦不到吧。」

於是我們立刻開始製作會議——在那之前，最關鍵的琴乃臉色有點陰沉。

「我想先向你們道歉。」

「怎麼了？」

「劇本其實只寫到一半而已。我還在煩惱結局的發展，所以想先讓你們讀過一次看看。」

說完，琴乃在我跟香澄面前分別放了一本劇本。

琴乃為我們創作的劇本，標題叫做「早安啊，幽靈」。主角是一名幽靈少女，以及一位沒有朋友但突然看得見幽靈的女孩。是一個描述她們兩人於某年的夏天發生的青春物語。

幽靈不知道該如何前往天國。而女孩為了幫助幽靈，起初嘗試了許多方法讓祂能夠升天。但隨著與幽靈的關係逐漸加深，女孩不想失去朋友，所以越來越提不起勁幫助幽靈。正值此時，她們找到了讓幽靈升天的方法——大概是這樣的內容。

「也就是說，是我來扮演幽靈，然後琴乃飾演沒有朋友的女孩嗎？」

這麼說道的香澄笑著表示：「真不錯。」

到底該不該讓香澄作為演員參加，其實讓我苦惱到最後一刻。

香澄願意出演固然是最好不過，但是她的知名度超群，況且也過於顯眼，這些依然是問題。

實際上因為文化祭時的問題，香澄自己也相當煩惱。而當我提案：「『香澄美瑠』已經在妳心裡根深蒂固了，是不是能透過扮演其他角色當作復健，讓妳變成『香澄美瑠』以外的角色？」香澄便立刻回答：「我想試試看。」

說實話，我自己也想為文化祭雪恥，所以她的回答讓我非常高興。

於是我們定下「香澄不能露臉」這個條件，決定讓她出演電影。這時琴乃說：「如果由我來演對手戲，是不是就不用另外找人來演戲了？」因此她也確定加入。這次從頭到尾將只由我們三個人來製作電影。

同時還附加了很多條件：由琴乃跟香澄兩名演員飾演全角、香澄不露臉也不會奇怪、小道具不能太花錢。因為讓琴乃在這些條件下撰寫故事，我在她面前完全抬不起頭了。

而且這個劇本還超級有趣！

「琴乃這次寫的劇本完成度實在有夠高，讓我手都癢起來了。確實只有結局還沒定下來，但是開拍以後說不定會有想法，我覺得沒有問題！」

「真、真的嗎？」

「對啊，所以妳不要露出那種過意不去的表情嘛。這是導演權限的命令。」

「沒錯～我也要用主角權限命令妳！」

「妳完全不用……說起來，編劇跟主要角色都由妳擔任，我給妳的工作太多了對吧？真的很抱歉，明明是我把妳捲進來的，我太依賴妳了。」

我負責的工作只有拍攝跟剪輯而已。

雖然會從現在開始忙起來，但這麼一想，好像反倒是我目前都還沒有貢獻。

「我想……沒那回事。倒不如說，能協助柏木同學熱衷的事情，我很高興唷。」

琴乃面露和藹的表情回應，隨即又嘀嘀咕咕地繼續說下去：

「況且只要持續下去，有一天我也會……」

「我也會？」

有那麼一瞬間，她的表情似乎蒙上了一層陰影，因此我反問回去，卻被琴乃給輕鬆岔開了。

「沒什麼。那麼我們接下來就需要跟學校取得拍攝許可了呢！」

「啊，那件事美瑠已經問過老師了！老師明確地提出一個交換條件給我們！」

「老師怎麼說？」

「老師叫我們把學校的游泳池打掃乾淨，接著似乎就能自由使用空教室嘍！」

我早就料想到溝通能力跟鬼一樣的香澄一定能取得許可，可是要無條件取得果然有困難的樣子。

「這樣到底是為我們破例了還是沒有？有點不懂標準耶……反正我來掃就好，妳們就……」

「啊，那可不行。我們三個得一起做才行！這是在創造回憶！我們要創造回憶呀！」

「就是說呀，柏木同學。你到現在還這樣說，未免太見外了。」

「……謝謝妳們。」

怎麼辦，我的夥伴也太讚了吧？有夥伴願意協助我想做的事，而且還有兩個，我真的幸福過頭了啦。

至今為止我基本上都是一個人。儘管有時候會到社團擔任救援選手，但也不過是身為一個局外人，加入已經組成的隊伍而已。

像現在這樣跟某人一起邁向同一個目標的經驗，過去一次都沒有。

「那我們就選大家都方便的日子在學校集合吧！」

我因為這個事實而眼眶一熱，於是趕緊進展話題，以掩飾自身的害羞。

七月下旬，學生們為社團活動勤奮努力的聲音，讓學校十分熱鬧。我們穿過校門集合後，立刻前往泳池邊。

「唉嗯，到處都是泥巴。」

「畢竟從去年夏天以後就放到現在了嘛。總之我們先換上髒掉也沒關係的衣服吧。」

「說得也是，要是不快點開始就沒辦法結束了。」

狀況比想像中還要麻煩許多。儘管我們試圖逃避這個現實，但還是開始掃除作業了。

「咦——！為什麼你們兩個的衣服一樣？」

「呃，這是國中時穿的運動服啊。」

「好好喔好好喔！好羨慕～～！」

「是嗎？這件運動服因為太土了，我們都叫它『囚服』唷。」

「能跟你們一樣的話，美瑠就算穿囚服也沒關係。」

「怎麼可以？這樣一點也不好。」

與羨慕不已的香澄相反，琴乃的眼中燃起熊熊火焰，打算堅決反對香澄。

也是啦，就算是香澄，遇上那麼矬的衣服……不對，感覺要是香澄的話，好像也能穿得很好看。

至於香澄，她很努力找過了，但是她說自己家裡本來就沒有弄髒也沒關係的衣服，所以直接穿著制服開始打掃。她手持藍色水管的身姿，宛如某個乳酸飲料的廣告一樣。

「哇！」

正當我欣賞得入迷之際，冷不防地從後方被抱住。

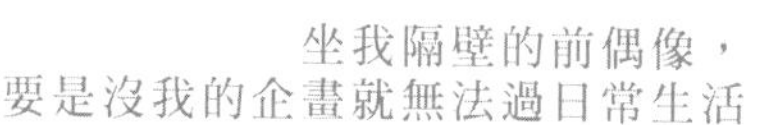

「欸……」

「對、對不起！那個……地板滑溜溜的，現在動一下就會滑倒的樣子，所以那個……」

是琴乃。我將脖子往後轉，在視野的邊際看到了亮麗的黑髮搖晃著。這樣的畫面讓人有種奇妙的感受。

「喔，沒關係。要抓緊唷。」

我故作鎮定地回應她。可是她纖細的手臂緊緊抱著我的腰，這個觸感讓我有點激動，感覺很奇怪。

現在看不到琴乃端正的五官，實在是幫了大忙。

「那邊的在做什麼——！學學美瑠認真打掃啊——！」

我內心慌亂地等待琴乃恢復身體平衡。與此同時，站在不遠處使勁刷洗地板的香澄，終究還是出聲了。

「抱、抱歉。琴乃，妳能站好了嗎？」

「還不行……的樣子……」

「琴乃好狡猾——！妳這樣作弊啦！妳根本就只是想抱緊蓮同學而已吧！太狡猾了！那明明是美瑠的絕招耶！」

妳還敢說？不過也是啦，「可愛小心機」就跟香澄的專利沒兩樣。但在心情上，還是希望她

別為這種事得意。

「怎麼可能啦？琴乃跟妳又不一樣………」

「……如果我是故意的，你會怎麼辦？」

琴乃用含糊不清的聲音說。

環繞在我腰際的手臂更加出力緊抱著。此時好像有個硬硬的東西輕輕撞到我的背上，我想大概是琴乃的額頭吧。碰觸著我的部分夾帶著熱量，那股熱氣慢慢地滲進我的皮膚。

「……琴乃？」

對於跟平常不同的樣子，我到底該——

「嗚喵——！」

「香澄！」

因為那可愛的怪聲音，我的意識一口氣被拉回現實。

琴乃似乎也被香澄的尖叫給嚇到，放開環抱在我腰際的雙手。

我把視線轉回去，只見她跌倒在地。

應該是狠狠地滑了一跤吧。只見坐倒地上的香澄雙手撐在後方，當場愣住了。

「沒事吧！」

我慌忙走近她身邊，對她伸出手。

見狀，香澄對我莞爾一笑。

「呃——嗯，應該沒事。」

語畢，她拉著我的手站起身來。

「我想應該沒有受傷，可是制服都濕透了……」

「真的耶。那不然妳在泳池邊……唔！」

我原本打算接著說：「在泳池邊休息一下等衣服風乾好了。」可是香澄她……

「請……問，香澄小姐，您在做什麼？」

「什麼做什麼？在脫衣服呀。濕答答的很不舒服嘛。」

如同字面上的意思，香澄開始脫起衣服——就在我眼前。

「等、等一下！」

她將襯衫的衣襬脫到剛好遮住胸部的高度時，我連忙轉過身，結果看到琴乃用極為冰冷的表情注視著我。

請稍等一下，這不是不可抗力嗎？

我發不出聲音，只能比手畫腳地試圖辯解。此時我視野的邊際出現了一抹櫻花色的存在。

「蓮同學真是的，害羞的樣子好可愛～」

「唔哇啊啊啊啊？」

她的聲音伴隨著一股搔癢感，在我的背上蔓延。

身後的香澄似乎用手指由下往上撫過我的背脊。

「呵呵，你可以轉過來嘍。」

我看向琴乃以確認狀況。她面無表情地對我豎起了大拇指，於是我戰戰兢兢地轉過身來。

此時站在我面前的是——身穿黑白色調比基尼的香澄。

「你看——！怎麼樣？我覺得自己看起來還滿可愛的唷～～！」

才不是只有「滿」可愛。

修長白皙的雙腳與健康的大腿。

她的體態苗條，卻凸凹有致。我姑且知道她在偶像時期有出過寫真集，但這個身材實在堪稱完美。

「還、還不錯啊。」

為了避免被當成可疑人士，我認為自己已經很快地回應香澄了，但是好像沒能逃過香澄警官的法眼。

「喔～……」

「怎樣啦？」

「哪個部分？」

「咦？」

「哪個部分不錯，你可以告訴我嗎？」

「就……就是……」

想啊！快想啊我！

要回答哪個部分才不會搞得自己很噁心，又能拿到及格分數啊？

我一邊祈求上天幫忙，一邊藉由思考答案，拚命讓注意力從眼前的香澄身上轉移。

「那個……蓮同學？」

「………………」

這裡該說泳裝的設計嗎？但是這樣講好像能解讀成「本人沒那麼可愛」，或許會惹她不高興。

「那個……我說啊，你會不會看太久了？」

「………………」

「我知道自己很可愛，可是……我、我不行了！還是算了！夠了！不要再盯著我看了啦！」

「為什麼？」

雖然莫名其妙，不過好像得救了。

「等一下啦，這跟拍雜誌寫真完全不一樣不是嗎……」香澄蹲了下來，嘀嘀咕咕地說了些什麼，隨即淚眼汪汪地朝上瞟向我，開口說道：

「太害羞了，不要再看我了。不過我還是想聽一句感想。」

「……很、很好看，真的很可愛。」

「嗯，那就好。」

說完，香澄迅速起身，只把——濕掉的部分比較少的——白襯衫穿回去，便繼續打掃。

外露的面積雖然減少，下半身卻依然是比基尼。以我的角度來看，不管哪種穿法都對心臟很不好。

「話說，為什麼要在衣服底下穿泳衣啊？」

「因為老師說掃完以後可以玩水。昨天我不是有在ＬＩＭＥ群組上聯絡……嗎？咦？騙人。我該不會只有跟琴乃說吧？」

「妳傳給我的是私訊唷。」

「啊，真的假的？抱歉。蓮同學就穿這樣玩水吧。」

我才不玩哩。就算妳對我一臉抱歉的樣子，但我本來就沒打算穿來玩啊，所以一點問題也沒有。

不過，照這樣說來——

「你……你不要默默地看向我啦！」

「琴乃也有穿對不對？結果妳選了什麼顏色的泳衣呀？」

「我不會脫的！絕對！」

「很～好！那就潑妳水嘍！」

「香澄同學？」

「不然只有美瑠一個人害羞怎麼行！非得拖妳下水不可呀！」

「昨天晚上妳不是才說過『我有拍過寫真集，穿泳裝有什麼好害羞的』嗎！」

「我沒料到看的人不一樣就會害羞了嘛！」

「說那什麼話呀！有刊登妳泳裝照的寫真集都賣了幾萬本了！少說也有幾十萬人看過了吧？不要把我也拖下水呀！」

兩人拿著水管玩起了鬼抓人，看起來關係真好。

剛開始還那麼緊張的琴乃，現在已經能正常地跟香澄講話了。看琴乃這個模樣，也許她心中對於香澄的認知，已經逐漸從偶像轉換成同學了吧。

我對兩人的互動莞爾一笑，獨自繼續打掃。

結果十分鐘後，遭香澄逮到的琴乃被迫變身成黑色連身泳裝的姿態，回來繼續打掃游泳池。

這件泳衣的細肩帶是緞帶造型的，很適合琴乃清秀的氣質。

雖然本人很謙虛，但是正如香澄所言，琴乃的身材好到讓人不禁想問她：為什麼妳會沒拍過

寫真集？

這個景象要是讓同學看到，我應該會被殺掉吧。我一邊戒慎恐懼，一邊確實地跟她們一起完成清潔工作，最後用香澄拿來的水槍跟游泳圈大玩了一番後才回家。

回家的路上，我們一起吃了便利商店的刨冰。我應該會一直記得那個滋味吧。

八月一日。香澄在我們成功借到的教室裡唸台詞，身上穿著為幽靈角色準備的戲服——沒有眼睛與鼻子的白色面具，與白色的連身洋裝。

我們早早就開始拍攝，進展卻不如想像中順利，有點陷入苦戰。

「我覺得這一幕……妳用輕快一點的語氣唸唸看台詞好了。」

「『因為沒有人看得見我呀。』」

「啊——……感覺不太對耶。」

主要有兩個問題。第一個是——我作為導演所提出的意見太不中用了。

腦海中確實浮現出了畫面，但我的知識與經驗不足以將它化作言語。礙於這個問題，我只能頻頻表達「感覺不太對」，卻無法提出更確切的建議。我有自覺，自己根本是個差勁的男人。

在這個狀況下盡力演出的兩位其實很努力了。但這裡還有另一個問題。

「香澄，妳的存在太吵了。」

「什麼叫存在很吵啦？你剛剛才說我的動作很吵，我都已經拚命排除自我了說！」

第二個問題是——香澄本身太過於顯眼了。

長年身處演藝圈的她，身體已經記住了「能讓自己最受人矚目」的言行舉止，結果造成她無論在哪一幕都異常突兀。

與其說這是演員所需的技術，不如說是偶像——為了隨時隨地都能成為他人心中的第一所養成——的特殊技能吧。也因為這個技能，照映在畫面中的香澄，怎麼看都是「香澄美瑠」而非幽靈少女。

就飾演一個角色這點來說，琴乃甚至遠比她優秀許多。

當然，若是為了讓焦點維持在香澄身上的作品倒還能接受，但這次要飾演的是幽靈，不僅得遮住面貌，還必須展現透明與虛幻的感覺，所以不能讓她太顯眼。

「該怎麼說啊？妳這樣演的話就會是『香澄美瑠變成的幽靈』了。但我想要妳詮釋的是雖然很開朗卻很怕寂寞，隨時都可能消失無蹤的幽靈。」

「唔，說得也是。畢竟我化成的幽靈感覺根本就不會消失嘛。」

「就是呀。別說是消失了，感覺甚至會激發出超強的生命力，強到都可以去參加女子摔角了。」

「我懂。」

「這樣也能懂？原來我平常看起來那麼有活力喔！」

說完，香澄目不轉睛地盯著畫面仔細確認。

「……看來我真的只能當偶像而已了呢。」

她的表情與其說是心有不甘，看起來反倒更顯悲傷。

彷彿惋惜著自己決意捨棄的過往一般。

當天回家的路上——

我們與琴乃分別後，香澄說要去一趟便利商店，於是跟在我後面。

「『香澄美瑠』是我的最高傑作耶。」

「…………嗯？」

「就跟蓮同學說的一樣。你不是說過嗎？透過扮演其他角色可以當作復健，讓我變成『香澄美瑠』以外的角色。」

香澄說完，一鼓作氣地把路邊的小石子踢飛出去。

「我其實很害怕。我明明想要做自己，可是香澄美瑠（身為偶像的我）跟我的結合太深了，很難分開。」

她露出失落的表情，繼續說下去：

「除了這點，最大的原因應該在於我果然還是會不安吧。我在扮演『香澄美瑠』之外，第一次順利進展的只有前陣子的文化祭。我會想要逃向成功率最高的方法。」

「逃向成功率最高的方法？」

「呃～好比說，就算我的演技很差，但專程來看香澄美瑠的人依舊會感到滿足不是嗎？我在偶像時期演的連續劇全都是這樣撐過來的。」

聽她這樣說，我總算能理解了。

「香澄美瑠」在偶像時期被許多人接受並獲得成功。之前我就覺得，或許香澄正是憑藉當時的記憶賴以維生的吧。

因此她才會認為那是最正確的路徑。一旦想偏離那條路，她就會下意識產生恐懼，自動修正方向。

而我跟她應該是一樣的。過去的我假裝自己無法熱衷於某事，一味地以膚淺的連結徒增LIME的好友。即使與香澄的狀況程度不盡相同，卻非常類似。

成為被他人所期望的角色雖然很容易，但也很苦澀。

「這種破破爛爛的禮服，明明早點丟掉會比較好呢。」

香澄喃喃自語著，眺望遠方。

如果是之前的她，絕對不會跟我說這些心事。

我想，她一定是覺得只要我們同心協力就能夠跨越難題，才會願意跟我說吧。

「我也會想想看怎麼辦。我會學習怎麼下指示，好讓香澄能更輕鬆地理解這個角色。」

「蓮同學真的該學學呢，你下指示的方法實在爛得要命。等一下再告訴你美瑠推薦的書。像是寺門先生之類的，他下指示的方法真的很厲害唷。」

「寺門先生是誰？」

「是我演過的連續劇導演？」

「妳居然拿我跟專業人士比喔？」

「哇，蓮同學生氣了！」

香澄笑著說，隨即直直往便利商店的方向逃跑。

我一邊追上她，一邊思考剛剛的談話中讓我有些介意的事情。

香澄說她「在扮演『香澄美瑠』之外，第一次順利進展的只有前陣子的文化祭。」然而即使她從小就在演藝圈打拚，成為偶像也是在十二歲的時候吧？

況且聽說她剛出道時是以童星身分在演藝圈打滾的。就算後來被星探挖角，但說到底，香澄為什麼會決定去當偶像呢？

隔天。香澄告訴我，她思考過演技的問題，想要讓我看看，隨即開始有些變化。

確實是有變化沒錯，但是……

「果然感覺還是不太對耶……」

明明知道有點怪，我卻無法說出哪裡不自然。香澄的演技的確缺了些什麼，那個不知名的缺陷讓我焦慮不已。

「『我一直都很寂寞。』」

她華麗的演技原本成為瓶頸，不過現在稍微收斂了些。

然而相對地，先前受到華麗演技掩飾的部分，逐漸毫不留情地顯露而出。

「『因為沒有人看得見我啊……』」

這種感覺應該可以說是「不協調」吧。

外型明明就是女高中生年紀的幽靈，內在卻完全不一樣——

「我把劇本改掉好了。」

「咦……？」

琴乃坐在香澄面前，靜靜地聽著她唸台詞，此時突然提出這個想法。

「把香澄同學的角色改成當過偶像的幽靈吧。如此一來，之前的演技就能跟角色吻合了。要在暑假期間完成作品的話，這個做法也比較合乎現實。」

「我、我可以理解妳的想法，可是那樣不就失去意義了嗎？這樣她就不再是幽靈少女，而是原本的『我』唷！」

「這樣也很好呀。畢竟香澄同學在當偶像的時候才是最閃亮的嘛。」

琴乃沒有像平常那樣舉止怪異，而是直視香澄的眼睛回答她。

「嗯…………我知道。可是……」

「可是妳照這樣下去，根本沒辦法演好幽靈少女不是嗎？」

「……才不……」

「從以前到現在，香澄同學不管在什麼地方都會有人關注，也不曾被人忽視吧？」

琴乃冷酷的口吻讓我的心臟緊縮了一下。

對了，我所感受到的不自然就是這一點。

明明就是幽靈，她卻過於習慣被人發現。

所以看起來才會毫不寂寞，這也是當然的。

香澄以前所生活的世界，總是理所當然地會有視線聚集她在身上。

「比起現在才開始強迫自己改變，我認為還是發揮偶像的光芒比較好。畢竟香澄同學現在已經壓抑著自我，卻依舊非常『偶像』，所以我對這點相當篤定。既然如此，我沒辦法看著香澄同學去挑戰不適合自己的事。」

也許是基於粉絲的角度吧。

琴乃用正經的表情訴說道。

「琴乃，妳說過頭了……！」

「不會，沒關係。」

香澄從喉嚨深處擠出來的聲音，聽起來泫然欲泣。

「因為我自己……是最了解的。」

她的表情扭曲，看起來很痛苦，卻又狀似鬆了一口氣。她繼續說下去：

「真的跟琴乃說的一樣耶。多虧琴乃清楚地告訴我，我反而痛快多了……其實我一直想用當偶像時的感覺塑造幽靈少女的角色。」

她緊緊抓著制服的裙襬，低下頭說：

「因為拋棄了大家都經歷過的青春，成為偶像，美瑠的心裡已經什麼都不剩了。只要脫掉這件名為偶像的禮服，我就是個空虛的傢伙，連可以拋棄的東西……都沒剩下來。」

最後，香澄抬起頭，開口道：

「所以現在的美瑠，就跟偶像的殘骸一樣。」

偶像的……殘骸。

說出口的剎那，香澄的眼角流下了一道淚水。

我該認定這是她「已經不再忍耐，願意哭出來了」嗎？

「我今天就先回去了，得冷靜一下才行。」

還是應該判斷成她「苦惱到再也忍不下去了」呢？

那之後，我與琴乃陷入沉默，彼此都不發一語，感受著沉重的氣氛，呼吸著沉悶的空氣。

香澄回去後過了五分鐘左右，琴乃突然開口道：

「……香澄同學並非演不了，只是不知道而已。我能夠扮演這個角色，是因為姑且經歷過普通的校園生活。只要有足夠的時間，她一定能展現比我更出色的演技。」

琴乃的這番話，可以感受到她的不甘心。

像是受到這段話影響，她的雙眼慢慢地浮現出淚水。

「我也不想讓香澄同學說出那些話，可是我知道她最亮麗的樣子，所以我才會納悶她為什麼非得這麼痛苦。」

「琴乃沒有錯，錯的人是我。本來應該要由我說清楚的，是琴乃代替我講出不想面對的事情。」

沒錯，其實我並非不知道如何下指示，而是不想明言罷了。正因為看過香澄痛苦的模樣，我才不想指責她，害她陷入煩惱。

「……讓她煩惱的明明是我啊，現在卻說不想讓她痛苦，很矛盾吧。」

「沒那回事。畢竟這種事很讓人難受啊。不希望喜歡的人痛苦，這不是當然的嗎？」

「…………謝謝。」

琴乃一定也跟我抱持相同的心情。

所以我同樣不希望她感到痛苦。琴乃用纖細的手指擦去淚珠，試圖讓自己看起來像沒哭過的樣子。看著那樣的她，我遞出了手帕。

隔天，香澄休息沒有拍戲，於是我跟琴乃花上一整天來製作小道具。

我們兩個都跟想對方說些什麼，卻說不出口。在那樣的氣氛下，我們整天毫無對話地散會了。

接著又過了一天。琴乃要上暑修班，所以本來就預計不拍電影，這天我卻一大早就清醒了。

我想說差不多該寫寫暑假作業了。儘管還想睡回籠覺，但我依舊爬出了被窩。此時電話響了起來。

手機上大大顯示的名字是——

「……香澄？」

『喂～？哦——你好早起喔。』

香澄笑著誇獎我：『好棒好棒。』聲音相當開朗，彷彿前天的事完全沒有影響到她一樣。

但是不能就此大意，因為她是香澄美瑠。

「怎麼了，這麼早打來？」

『十點到美瑠家集合。』

「嗄？」

『就這樣。敢不來的話我就收你片酬，而且要換算成我現役時期的金額喔！』

「喂！等一……」

嘟～嘟～電話掛斷了。

「居然給我開那麼高的條件！」

才高中就住得起摩天大樓，她的片酬金額我根本不敢想像。

她比平常還要破天荒的作法，真是任性得讓人不敢領教。但反過來想，這也算是一種信賴的表現，倒不會讓我不愉快……啊——真是的！

「唉——……去就是了。」

我慢吞吞地起床，打理自己準備出門。

我一抵達豪華的摩天大樓，身穿樸素居家服的香澄便從屋內走了出來。

「你有乖乖來赴約耶。歡迎你來～！」

儘管先前來這裡開了很多次電影製作會議，我到現在依舊會緊張。

要老實地跟她說「我很擔心妳」實在有點不爽，所以我用俏皮的口吻敷衍她：

「對啊，畢竟我付不出片酬嘛。」

「喂！就算說謊也該說『只要美瑠找我，不管哪裡我都去！』才對吧！」

「我都能想像妳的經紀人有多辛苦了。」

「唔～可惡……美瑠我會添麻煩的對象，只有認定麻煩到也沒關係的人而已唷！像是蓮同學、蓮同學，或是蓮同學之類的人而已。」

「不是吧，全都是我啊！」

「這不是當然的嗎？」

是當然的嗎？被她這樣講卻覺得很高興，我也算是相當有問題了。

「所以呢？妳有什麼事？」

「早餐吃過了嗎？」

「呃？是還沒吃啦……」

「美瑠也還沒吃。我們先來吃早餐如何？」

香澄邊說邊把視線轉移到餐桌上，桌上放著大量的外賣餐點。

「……這些……真的吃得完嗎？」

「大概沒辦法。我點這些可沒有預設要在早餐全部吃完喔，剩下的當成美瑠的午餐就好。蓮同學吃想吃的就行了。」

外賣的優點是「在家也能吃到剛煮好的美食」，妳這樣不就失去叫外賣的意義了嗎？絕對是每餐分開叫比較好吧？

我一面想著「前藝人做的事真難理解」，一面到餐桌就坐。

「歐姆蛋、薯條、三明治，還有湯跟蛋糕，什麼都有耶。」

「呵呵，喜歡哪個就吃哪個吧～」

香澄如是說，於是我心想「待會吃掉的都要付錢給人家」，同時向歐姆蛋伸出手。

「哦～你喜歡那個啊。」

「對啊，我覺得早餐最好吃的還是雞蛋料理。」

「原來是這樣啊。美瑠也很喜歡歐姆蛋呢，畢竟顏色跟發音很可愛對吧？」

顏色跟發音很可愛……？

真是有點難以理解的想法。

說起來我還是第一次看到有人用味覺以外的要素，判斷對食物的喜好。

「還有呀，我也喜歡喝湯，因為這個卡路里比較低。至於薯條絕對不行吧，用油炸過的卡路里太高了，而且也不可愛，就算跟別人說我喜歡吃也沒什麼好處不是嗎？」

沒什麼好處——我開始對這句話有不好的預感。

這種思維簡直就像是「只考慮能不能被人接受」，她對喜好的價值觀有些扭曲。

「不過蛋糕就ＯＫ，因為愛吃甜點很可愛。」

正當我沉思之際，香澄接連說了下去：

「……美瑠在選晚餐的時候，絕對會注意要從人氣排名最高的開始選。這樣做沒錯吧？因為都是大家喜歡的東西嘛。」

然後，她看著桌上滿滿的料理，露出泫然欲泣的表情。

「明明有這麼多料理在眼前，可是要從什麼東西開始吃才好，我根本毫無頭緒……說了這麼多，你應該能理解吧？我好像沒有喜好的感覺。」

香澄說了很悲傷的話。

但是她的眼眸展現強烈的意志，筆直地望向我。

「所以我想跟你一起尋找。」

那真摯的眼眸，讓我忍不住屏住呼吸。

「因為蓮同學所知道的我最有『我』的樣子。我想把自己一直以來都空空如也的內心，用『我自己』來填得滿滿的！」

她已經不再是偶像了，看起來卻依然閃耀動人。

沒錯。我所知道的香澄雖然強大卻很脆弱，總是為了眼前的事情拚盡全力，但凡是為了自己想要的事物，從來都不會逃避。

她是個酷斃了的傢伙。

不可能為了那點小事而屈服。

「拜託，能陪我一起找嗎？」

「這是當然的吧。我之前不是說過了嗎？『要是妳有想成為的目標，到時候我會當妳第一個粉絲幫妳加油！』」

聞言，香澄露出驚訝的表情說：「說什麼加油，太誇張了啦，好害羞喔。」並且靦腆地笑了。

這之後，香澄依據昨晚熬夜製作的「喜好分類塾」，開始把她用網購大量購買的東西，一個接一個分門別類，種類分成「喜歡、普通、不喜歡」。

首先開始的是——時裝秀。

「其實我沒什麼便服呢。因為我以前都靠穿衣服賺錢，要買衣服的時候，幾乎都是從自己當模特兒的品牌目錄裡面，直接把人家搭配好的衣服整套買下來。」

因此我們決定從「摸索喜歡的顏色、風格」開始著手。

「這個怎麼樣？」

「白色喔，嗯～可以讓皮膚的顏色看起來很漂亮吧？」

「不是啦！是在問妳想不想穿！」

「咦！那……那大概想穿。」

「很好，那這件就還可以。這件呢？」

「自然體型（註：自然體型是骨骼體型的三個分類「直線、曲線、自然」之一。自然體型的人骨架較為明顯，較看不出脂肪或肌肉的線條，給人偏骨感的印象）的衣服有點不適合我，應該不行吧。」

「從設計上來看呢？」

「應……應該算喜歡。」

「那就算可以。」

我把袖子蓬鬆的洋裝隨手一拋，丟進「喜歡」的籃子裡面。

好累。她養成的「想討人喜歡」的習慣，比想像中的還要嚴重。

一直重複分類東西以後，香澄的腦袋似乎也開始變得亂糟糟的。她當場癱坐下來，說起了喪氣話。

「都不知道自己喜歡什麼了啦～！我看蓮同學喜歡什麼，美瑠就喜歡什麼吧！我想穿那個就好！」

「不要撒嬌！基本上女生的衣服我通通覺得可愛，我的意見不能拿來參考啦！」

「嗚哇──！」

看來前途多災多難。

然後我們決定──把點過頭的──料理留到晚餐再吃，午餐也來進行喜好診斷。

也就是看著外賣菜單，選擇現在最想吃的菜色。

「我好累，現在想吃口味比較重的食物……但是拉麵又太油了……不對，總覺得以前我好像常常吃，可是卡路里太高了，所以給自己下了詛咒的樣子。」

「不要在日常生活裡面對自己下那種跟戰鬥漫畫一樣的催眠啦。」

「可是不這樣做的話，吃不到會很痛苦嘛…………這麼一說，等等唷，我該不會其實超級喜歡拉麵吧？」

「這不是好事嗎？」

「怎麼辦？我好像三年沒吃了。」

「真的假的！」

要過上這種生活，我早就斷氣了。

不過仔細想想，之前在這裡叫外賣之際，香澄點了很多類型的料理，多到讓人嚇一跳。雖然她很常吃那些，但我隱約記得她只有介紹過「這個是限定的」，從沒有表達過自己喜歡吃哪道菜。

當時我沒有多加揣測。可是現在仔細一想，根本只是我沒注意到，其實已經有某些跡象表露出來了。

「決定了！香澄美瑠要點拉麵吃！」

「那我也吃一樣的好了。」

「什麼——！你居然敢在做了重大決定的人旁邊，用『我先點杯生啤好了』那種隨便的心態點餐！」

「香澄舉的例子真有趣耶。」

「那算是誇獎嗎！」

算不算應該得看妳了吧？

沒過多久，拉麵送到了。香澄戰戰兢兢地嘗了一口之後，眼睛亮了起來，開始大口吸起麵條。接下來的時間，我欣慰地看著她吃東西的樣子，然後又繼續剛剛的時裝秀。

時裝秀進行到一半，我們因為ＨＰ耗盡而跑進電競房玩遊戲小憩一下。當我問香澄：「妳是不是喜歡格鬥類型的遊戲啊？」她回答我：「因為打贏了很爽快呀。」率直的反應讓我安心了不少。

看來現在香澄美瑠的內在之中，唯一一個構成要素就是遊戲的樣子。

「可能是以前我完全不敢想像自己的這一面能被人接受，所以當時蓮同學發現這間房間卻沒有嚇到，我才會那麼高興吧。」

香澄說著，一邊把貓耳造型的耳機拿下來，一邊看著她精心設計的電競房，露出柔和的微笑。

「我覺得香澄喜歡的東西以後還會繼續增加吧。」

「……嗯，說得也是。因為已經增加了嘛。」

香澄聽到我的話而抬起頭，輕輕地朝我的臉頰伸出手。壁掛式平板燈那昏暗的ＬＥＤ光下，她精巧的臉蛋向我湊近而來。

意料之外的舉動讓我作勢往後退，但是因為躺坐在電競椅上，此刻我無處可逃。同時，香澄的眼睛反射了燈光而閃爍，我被她的雙眸給吸引，動也動不了。

香澄的額頭隨即「叩」地輕輕碰到我的額頭上。

「輸入完成。我以後還會變得更有魅力唷。」

「什、什……」

「蓮同學來當我的製作人好了。在空虛的我心裡塞滿各種回憶，幫辭去偶像的香澄美瑠企劃一個嶄新的自己吧。」

面對她略顯沉重的發言，我無法立刻給予回覆。

即便如此，我依然不想逃避，所以至少沒有瞥開目光。

「妳對我還真信任耶……」

「這點你差不多該有些自覺了吧。」

這麼說著的香澄離開我身邊，啪的一聲把房間裡的燈打開。

「我好像很怕飾演別的角色。本來美瑠就沒有經驗，所以沒辦法理解角色的想法。而除了這點之外，我可能會為了理解角色而拚命過頭，導致自己太過入戲而變不回原本的自己。光是想到就覺得很擔心。」

開了燈以後，更能看清楚香澄的表情。她露出忍受著痛楚般的表情，繼續說下去：

「但那也代表我的核心內在太過弱小了，不是嗎？就連自己的喜好都搖擺不定。同時我比自己所想像的還要討厭看到空虛的自己，甚至一直忽視了自身的感受，所以才會變成現在這樣。」

香澄說完，牽起了我的手。

然後用她的雙手緊緊握住。

「不過我現在已經做好覺悟了。我決定要做自己活下去，所以你以後也要陪在我身邊唷——只屬於美瑠的製作人先生！」

「唔……嗯。放心，請交給我吧。」

我還來不及思考她的話，聲音便自動從喉嚨竄了出來。

這次我沒有逃避，成功接受了。

接受了香澄的覺悟。

「啊哈～為什麼畢恭畢敬的？」

「不自覺就這樣了，畢竟是您的覺悟呀。」

「感覺好像真的製作人一樣，有夠好笑的。你的這種地方我也好喜歡喔。」

不知道是不是因為在比平常更近的距離遭受香澄攻擊，還是許久沒聽到她這樣說話。

我的臉頰反常地火燙了起來，只希望沒有被她給發現才好。

這天以後，香澄逐漸對各種事物感興趣，也開始認真留意要「以自己的意志」判斷對東西的

喜好了。

拜此之賜，甚至發生了一件讓我記憶猶新的事。那時香澄隨興地跑出去買東西，卻遲遲沒有回來。打電話一問之下，她居然用含淚欲哭的聲音說：「我不知道要選哪種飲料。」

我一邊心想「香澄平常都喝保礦力，還以為她很喜歡喝那個」，一邊回應：「什麼時候回來都可以，我等妳。」結果大約十分鐘之後，她買了——包裝盒上寫滿各種添加物的——草莓牛奶回來。

「喝這個感覺一下就會口渴了耶。」

「嗯，可是沒關係。我喜歡這個。」

笑著回答我的香澄看起來非常滿足，與以前面無表情地喝著保礦力的時候相差數百倍，現在看起來更像個正常人。

喝完以後，香澄一邊把紙盒壓扁，一邊這麼說：

「我有演過校園連續劇的女主角唷，但是全都演得模稜兩可的。像是『要遲到了糟糕！』或『被老師點到怎麼辦？』之類的事情，我以前都沒想過，因為那是我不知道的世界的故事。」

「說起來，妳一直都以工作優先，沒去過幾次學校嘛。」

「嗯，所以我一點也不想讓蓮同學看到那時候的我呢。」

她苦笑著說。

「所以呀，我最近常常在想，自己不能一直當個偶像，因為我連喜歡誰的感情都不知道就去演戀愛劇了。」

「這樣很糟糕吧！」這麼說著的她換了個表情。

此時我回想起琴乃說過的話——「香澄同學並非演不了，只是不知道而已。」

香澄現在的狀態跟我有點像。我也是因為沒有當導演的經驗，不曉得該怎麼辦而無法下達正確的指示。

「其實我只想要做自己能夠做好的事。但要是一直那樣，打好自己的基礎去飾演幽靈根本就是痴人說夢，所以我決定一邊享受一邊努力看看！」

「很好啊。那我也得一邊享受一邊努力了。」

「哈哈哈，蓮導演的詞彙量要到什麼時候才會變多呢！」

「抱歉喔，我導演當得那麼爛。」

「不會呀，我反而覺得太好了，原來蓮同學也有不足的地方呢。」

「……妳在嗆我嗎？」

「不是啦。因為你太完美的話，不就不需要我的幫忙了嗎？有我能夠介入的餘地實在太好了。」

「…………什麼啦？」

真要說的話，我才是處處接受香澄的幫助而走到這一步的。

要是沒有香澄在，我根本不會把整個暑假都獻給——不曉得自己適不適合的——電影吧。

況且我現在尚有一個不足的部分。

就某種意義來說，這比經驗不足還要嚴重。

——我基本上對人沒有興趣。

其實因為香澄的狀況，我自己也嘗試過代入角色的心情，卻完全記不住台詞。

關於這個問題的原因，琴乃回答我：「不就是因為你對人沒興趣而已嗎？」她的話一針見血，因此讓我對這個問題有所自覺。回想起來，我總是為自己的事情費盡心神，所以記不住別人喜歡什麼。不然就是看氣氛與別人相處，有時候甚至不確定人家的名字。就連朋友的生日都要靠LIME通知或是日曆App紀錄，不然幾乎記不住。

這麼說來，我之前好像曾被琴乃說過：「為什麼連這種事都記不起來？」被她唸的時候，我沒有很認真看待，但現在回想起來倒讓我感到芒刺在背。

仔細想想，我並未出色到可以勝任香澄的製作人。儘管至今常常到處幫別人的忙（例如充當社團的救援選手），但那不過是因為我好像辦得到才做到了而已。

像我這樣的人，真的有辦法企劃出一個嶄新的香澄嗎？真的有辦法勝任一部人性電影的導演嗎？

「……我也一樣，必須認真看待自己以外的人才行了。」

「好像突然變成反省會了耶。可是我們有找到反省的點，應該要先誇獎自己一下！而且能夠承認自己不好的地方也要誇獎才行！我們好棒！」

「說得太對了。讚喔，生命力！」

「那種隨便的吹捧就算了吧。話說回來，琴乃好厲害耶，她的演技真好。」

聽到香澄這樣講，讓我想起琴乃常說的「像我這種人」。

不知道是不是因為她性格謙虛才常常那樣說？可是說實話，她的演技好到讓人不會覺得她沒有演戲經驗。不只是我一個素人來看會這麼想，就連長期看著專業的男女演員的香澄都說了，琴乃的演技想必真的很好吧。

「唉——……都沒信心了。」

「琴乃的演技是很好，但那也是因為她有經歷一般的校園生活吧。」

「是沒錯啦。但琴乃的角色設定是『沒有朋友』、『不擅言詞』、『一直待在圖書館角落的女生』對吧？跟她完全相反耶。她是個優等生，得到全班的尊敬，班上進行討論時也一直處在中心……」

「……的確。」

琴乃是個沉著冷靜的優等生，不過私底下是情緒高昂的偶像宅。

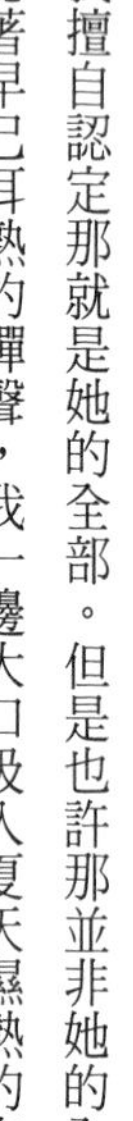

我擅自認定那就是她的全部。但是也許那並非她的全貌也說不定。

聽著早已耳熟的蟬聲，我一邊大口吸入夏天濕熱的空氣。

拍攝到了第二週。稍有進展。

「香澄同學在我不在的期間裡演技進步很多呢。」

暑修班結束後，久違地參與拍攝的琴乃誇獎道。

「欸，對吧！」

真不愧是香澄。不單只是肯做就能成功的孩子，還是一做就能以常人五倍的速度成功的孩子。

她當然有付出心力，但該怎麼說好呢？或許香澄的生活態度就是不停地面對自己的課題，所以她會無止盡地成長，也很善於此事。

順帶一提，現在教室中只有我跟琴乃。我們比預計的時間還要早到許多，因此才可以毫不害臊地誇獎香澄。

「香澄的成長幅度果然厲害耶，雖然她本來便有出色的才能就是了。聽說她之前煩惱的時候會完全沒有食慾，不過最近好像已經能正常吃飯了。」

「為什麼柏木同學看起來那麼高興？」

「因為我是導演啊，還會有別的理由嗎？」

「……說的也是。我好像有點累了，剛剛的說法有點壞心。」

平時總是抬頭挺胸、儀態端莊的琴乃，今天看起來相當疲勞。

「是夏天的問題吧。天氣一熱就會很難保持從容。」

「也許……是吧。柏木同學明明不怎麼對別人感興趣，但香澄同學的狀況倒是看得很仔細嘛。」

「這是當然的啊。我們從四月開始就一直在一起，再怎麼樣目光都會追向她吧…………是說，我看起來真的那麼對別人沒興趣嗎？」

「與其說是看起來，不如說就是這麼一回事吧。從國中就一直看著你的話總會發現的。」

聽到我的疑問，琴乃有氣無力地笑了笑，拿起劇本對自己的臉頰搧風。

啊～琴乃還真厲害。這件事就連我自己都是最近才發覺的耶。早知如此，以前就乖乖聽琴乃百般無奈──的建言，早點依賴她就好了。

我們已經高中二年級了，離大學考試只剩一年。我們這所自稱以升學為導向的學校有一句口頭禪──二年級的春假，是三年級的第零學期。所以過了暑假與寒假以後，我們就是準考生了。

像琴乃那樣的優等生──或者該說是家世背景由不得本人的意志，她不得不在學業上加油。

而酷暑當然也有影響，會疲勞也是無可厚非的。

琴乃停止用劇本搧風，開始啪拉啪拉地翻起書頁，看起來好像在重複確認今天要演的場景台詞。然後她持續翻到最後一面，突然看到書頁變成空白的頁數，於是大大地嘆了口氣。

她正在煩惱最後一幕的劇情。

自從她告訴我們以後已經過了一好陣子，只是看起來還沒得出答案。

「導演，要是不快點決定就糟糕了對不對？」

「的確，畢竟之後的場景跟高潮的伏筆有關聯嘛。」

「……我已經在構思了。但總是會越寫越黑暗，不然就是沒辦法完全發揮香澄同學的魅力，所以遲遲下不了決定。」

故事的好壞取決於高潮。找到升天方法的幽靈少女，會告訴琴乃所飾演的人類女孩說：「我明天就要升天了。」

從這裡開始，女孩的行動會左右故事的結局。「將失去唯一的朋友」這個事實，她有辦法忍受嗎？又要如何忍受？

她往後的人生該如何活下去？還是說，她會耐不住孤單而自殺呢？

琴乃讓我聽了很多種構想，但是不管哪種都差強人意。

然而琴乃自己應該最理解這點，因為在講述這些構想時，她總是看起來很焦躁的樣子。

況且既然都請人家親自演出了，我還是希望採用她可以接受的劇情。

「不過再等一個星期也沒問題。兩星期就有點急迫了……不對，應該會變得很艱難吧。」

「……請告訴我最極限的截止日……還是最緊繃的前三天左右好了，心裡會比較沒那麼緊張。」

「告訴妳前三天的日期不就沒意義了嗎？」

話說回來，儘管琴乃跟我講這些打預防針，但是她明明一次也沒有超過截止日過。雖然沒有要催逼她的意思，不過既然已經知道琴乃會熬夜趕工，我選擇相信她絕對能夠完成。

我們聊著天消磨時間。到了集合時間的五分鐘前，香澄跑進教室說：

「欸，明天我們不是要去看冬華姊的N-STATION嗎？」

「什麼？」

「哦，琴乃今天復出了？暑修班辛苦妳啦～～！」

香澄笑嘻嘻地慰勞琴乃，不過琴乃的眼裡現在只有冬姊了。

對耶，糟糕了。香澄還不知道琴乃是冬姊的骨灰級迷妹……！

「比起那個，香澄同學剛剛說了什麼？」

「咦？啊——是說我要跟蓮同學一起去看N-STATION的事嗎？」

「再前面一點的事！妳剛剛提到冬華姊什麼了對不對！該不會是那個……昨天的選拔發表的

事？」

「呃，嗯。那個呀——妳看嘛，昨天官方不是宣布冬華姊要站C位發表新歌嗎？新歌要在N-STATION上發表，所以邀請我們去看……話說琴乃對這件事好熟喔？」

「沒有啦，那個……我也喜歡音樂節目，跟大家差不多而已。況且那是香澄同學待過的團體，所以我有點興趣。」

「原來是這樣？好高興唷。」

她們兩個乍看之下和樂融融地在聊天，但退一步看著她們的我，可以清楚看出兩人內心的混亂程度。

琴乃因為——關乎自己熱愛的偶像——突如其來的夢幻情報而看不清四周。她以鋼鐵般的意志隱藏至今的偶像興趣，都不小心暴露出來了。

香澄以為這裡只有我在，道出了冬姊的事情，殊不知琴乃也在場，而且還緊咬這個話題不放，所以現在她對我的歉意都表露在臉上。

當然我也一樣。要是我跟冬姊身為青梅竹馬的這件事在這裡曝光的話，我應該就完蛋了，所以——

「……琴乃要一起去嗎？」

「……你講認真的……嗎？」

「超認真的。我記得香澄說過可以再邀請一個朋友對不對？」

「咦？啊，嗯！沒錯！」

我把話題拋給香澄，香澄似乎也察覺到我的意圖，立刻點頭同意了。

不瞞各位，其實這場表演冬姊邀的不是香澄而是我啊。幸好冬姊光速已讀我的訊息，我已經懇求她再幫我弄到一張票了。

「那個……柏木同學，我去那邊的樓梯摔個一輪唷，腦袋清醒後就會回來了。」

「等下等下等下等下！妳在現實沒錯啦！」

「因為只有幾十個人能進場看表演呀，單純計算一下的話，距離比演唱會還要近五百五十倍唷！小冬會在距離這麼近的地方又唱又跳唷！那跟零距離幾乎一樣不是嗎！」

「沒有啦。那邊的確比演唱會還要近，可是依據位置不同還是會有一段距離的。」

「好了，那邊的前偶像，不要跟人家爭這種事。然後琴乃也冷靜一下啦！」

早知道會變成這樣，一開始就該邀請琴乃了。

因為我怕琴乃會問我：「為什麼對歌手沒興趣的你會有N-STATION的票？」這樣一來就會暴露我的青梅竹馬身分，所以我才轉而邀請香澄，沒想到會適得其反。

不過琴乃好像已經相信門票是透過香澄的管道取得的，所以最後沒出大事就是了。

至於香澄也在高興：「琴乃該不會喜歡偶像吧！」因此結果尚可接受。

畢竟直到剛剛還因為劇本而悶悶不樂的琴乃，現在都露出好像在作美夢的表情了。

「而且去看看專業的舞台表演，說不定也能當成我創作作品的參考……」

我喃喃自語，暗中思索著。

自從找到想做的事以後，說真的，我不管做什麼都很開心。

我無時無刻會把眼前的一切跟電影聯想在一起，例如黎明的天空很美，水窪的反射似乎能利用……之類的。然而，當我思考電影的事情……

事到如今，我突然開始在意起——為什麼冬姊會想要當偶像呢？

「我實在是個糟糕到不行的傢伙。」

她明明是我重要的青梅竹馬。

但我得知的總是事情的結果，例如冬姊通過了甄選，或是她站上C位。仔細一想，我一點也不了解冬姊自己的想法。

抑或搞不好我曾經聽她說過，卻絲毫沒有印象。

一意識到這件事，恐懼瞬間充斥在我心裡。我一直以為自己對眼前能做到的事，都盡了最大的努力，結果卻僅僅關心著自己。我恐怕因為這樣而不斷錯失了某些事物也說不定。

於是到了看表演的日子——

為了跟冬姊說上話，我提早香澄與琴乃一步前往東京。

她們會在現場跟我會合。

順帶一提，昨天我花了一整晚幫香澄變裝，讓她絕對不會暴露身分，同時也不會引人側目。為了完成這個重大任務，我現在愛睏到不行。

我搓揉著昏沉的眼睛，坐上電車前往東京，然後開啟手機的地圖App前往目的地。

冬姊指定的全包廂制餐廳，外觀比我想像得還要平易近人。

不過我依舊戰戰兢兢地走進店裡，隨即有一位老練的服務生引領我至包廂前。

然後我敲了門並推開它，便看見冬姊坐在裡頭，優雅輕盈地對我揮了揮手。

「蓮～～！感覺我們好久沒有見面了耶！」

冬姊對我微笑，模樣看起來游刃有餘。她站上C位以後，勢必得面對緊湊繁多的行程，卻還是看起來跟往常沒兩樣。

香澄畢業後，有一陣子冬姊的人氣下滑，社會上也有些聲音在譴責她，所以我很擔心她的心理狀況。不過她看上去氣色不錯，跟我在電話裡聽到的聲音是一樣的感覺。

「冬姊，我打從心底尊敬妳。」

「怎麼那麼突然？」

「沒事啦。我只是在想『我光是要讓目標跟課業可以兩全就很傷腦筋了，真的完全比不上冬姊耶』。」

「沒那回事吧？我也是每天又累又消沉呀。但現在不是洩氣的時候，所以只好想辦法振作而已。」

「妳帥爆了。」

「話說回來。蓮，你剛剛說了『目標』嗎？」

冬姊是我的憧憬。無論何時，她總是在我的目標前方。

「啊……」

「那個表情是什麼意思啊～？該不會有什麼祕密沒跟姊姊說吧？未免也太無情了。以前你想學什麼就陪你學什麼的人是誰呀？」

「唔……」

「還是說你有什麼不方便讓我知道的事嗎？」

「那個……應該說有還是沒有……我原本是打算完成後再跟妳說的……」

「為什麼啦～！」

「因為，那個……我不想讓妳看到自己灰頭土臉的樣子。我會盡量加油，在暑假結束前告訴妳結果，可以等我一陣子嗎？」

話雖如此，現在這個狀況已經很灰頭土臉了。

「唉～～～」

我一邊心想，一邊偷窺冬姊的臉色。只見她誇張地嘆了口氣，露出無可奈何，卻又鬆了口氣似的表情。

到底是什麼意思？現在是哪種心情？

「妳幹嘛啦！」

「我覺得有點不甘心。明明以前我都在你身邊呢……」

「妳現在也在我身邊啊。」

「也對。那姊姊久違地來給你抱一下！」

「不用，那個就免……」

我在講完話之前便遭冬姊緊緊抱住。好痛苦！

腦筋都還沒有轉過來，只聞到一股香草般的芬芳撲鼻而至。

「唔……放開啦！」

「哇，好壞～人家要哭了唷！」

「那是我的台詞吧！好好想一下啊，妳都幾歲了！」

特別是妳跟著歲數成長的身體！

「我才十幾歲而已呀～」

才十幾歲又能代表什麼！我在心裡吐槽的同時，也回想起之前同樣被香澄熊抱過的往事。當偶像的都會亂抱人嗎？還是只有我身邊的偶像會這樣？真是百思不得其解。

「不可以在我面前想著我以外的事情唷。」

「呃？冬姊？」

回過神來，冬姊漂亮的臉蛋就在我的眼前。她的淚痣看起來莫名地嫵媚。

「因為我是偶像嘛，沒有人關注就活不下去了呢。」

她說了跟香澄完全相反的話。

這也是情有可原的，因為香澄後來辭去偶像的工作了。

「喂，你的表情告訴我，你又在想我以外的事情了。偶像當久了就看得出來了唷！」

「抱歉。」

「不要道歉啦，我才不會輸給一般人呢。」

冬姊說著，把手臂環繞在我的脖子上，在我耳邊嗤嗤地笑。此時香草的芬芳又一次搔癢了我的鼻子。

我根本來不及對冬姊抗議「妳的距離感故障了嗎」，她便繼續說了下去。

「好吧。」

「咦？」

「雖然看不到過程有點遺憾，可是至少蓮還有打算要給我看成果，所以我很高興，高興到能夠不在意那些小事了。」

「……謝謝喔。」

「呵呵。不過既然如此，你得給我看看你帥氣的一面才行喔。」

「嗯，會讓妳看到的。」

壓力暴增了。與此同時，我的幹勁高漲了起來，想要不顧一切地回應冬姊的期待。

因為那個冬姊對我抱有期待，這還是有生以來第一次。

「啊，時間差不多了，我們要馬上趕去電視局才行。」

「已經到這個時間啦？」

「好可惜呢。但是等一下姊姊我會為了你好好表演的。別看我這樣，現在可是很亢奮的唷……蓮來看我的演出實在太難得了。」

我確實很擔心像我這樣一個自家人，要是頻頻跑來看表演會讓冬姊反感。

真的很抱歉。

同時她表演的會場與歡聲都越來越大，讓我很真的害怕，害怕冬姊會變成遙不可及的存在。

然而一如今天決定要來看表演，倘若是今後的我，一定可以……

「以後我會常常來看妳表演的。」

「嗯——？你沒有騙人吧？」

看著冬姊鬧彆扭似的鼓起臉頰的模樣，我突然想起今天來找她的主要目的。

「對了，等等，最後讓我再問一個問題可以嗎？」

「什麼事？」

「冬姊為什麼會想要當偶像？」

「咦……………」

冬姊的表情明顯地扭曲了起來，讓我不禁覺得——剛剛的問題有奇怪到會讓她露出這種表情嗎？從冬姊的表情上完全感受不到平時游刃有餘的態度，我只知道她現在看起來泫然欲泣。

「到底是為什麼呢……」

對了，這個表情我以前看過。

那是香澄以前用「偶像」來武裝自己時的表情。

「這是我的祕密。」

冬姊以微弱的聲音說道，隨即走出了包廂。

之後，我跟感動到快哭出來的琴乃，還有——似乎仍不敢面對舞台——神色有點僵硬的香澄會合，一起觀賞了——站在C位唱跳的——冬姊的演出。

那是一首搭配了流行旋律的失戀歌曲，呼應即將消逝的夏日，與冬姊的氣質相當契合。這場久違的舞台表演是那麼地完美而絢麗，讓我得到了充足的活力。

剛才略帶灰暗的表情彷彿騙人的一般，冬姊站在舞台中央綻放著光輝。

在歌曲表演期間——她一次也沒看向我這裡。

Side：白樺冬華

「……嘶……哈～」

呼吸很不順暢。

他是怎麼了？為什麼那麼突然？到底怎麼了？

我離開跟蓮見面的包廂，稍微走了一段路後，雙手撐在地上，緩緩跌坐下來。

——冬姊為什麼會想要當偶像？

你以前不是根本沒在意過這件事嗎？

他不在意是當然的，那樣是最好不過的，因為我打算讓蓮一直只看得到我的成果。

我希望讓他覺得我是個偶像。那些庸俗、醜陋的過程，就算被粉絲看到也無妨。只有蓮，我不想讓他看見。

我想讓蓮看到的是，總是保持完美的自己。

因為我……我是……

——為此才當偶像的。

在小學高年級的時候，我注意到自己不是個得天獨厚的人。

那時我的青梅竹馬——蓮，總是一副看似很開心的樣子。

他會不停地對新的事物感興趣，一個接一個地挑戰。儘管或許是因為他的父母都在工作，讓他一直都很無聊，在我眼裡卻很耀眼，也很震撼。

我的年紀明明比他大，懂的應該要比他多才行，在任何方面都必須做得比他好才對。

所以每當蓮做完某件事而跑來跟我報告結果時，我的自尊心總會因此受挫。

以前我認為自己還算是個優秀的學生，結果似乎並非如此。

我已經用自己的方式努力過了，結果付出的心力好像還是不夠。

——奇怪？那我到底……擅長什麼了？

我想，就是這個突如其來的想法造成了問題。

那天以後，我再也沒臉面對蓮了。

上了國中，他跟我就讀同一間學校後更是如此。蓮經常跟多個朋友一起開心聊天，但我不擅長跟人交談，也遲遲無法順利融入班級。在走廊與他相遇時，我都會因為自己總是獨來獨往而羞恥不已。

然而當我們在走廊相遇之際，蓮總會開心地笑著呼喚我：「冬姊！」

我非常討厭這樣。我想告訴他「我沒有那個價值接受你的笑容」，那讓我非常痛苦。那天夜裡，我甚至稍微吐了出來。

「這樣下去不行……」

我之所以無法離開這個困境，是因為依然想跟蓮在一起所致。

我真的很高興，因為那個跟我幾乎是不同物種的蓮，打從心底仰慕著我。

『長大以後請當我的新娘！』

我知道那個約定早就過了時效。

然而我卻忘不了它。遇到壞事的日子裡，我就會夢到那天的約定。

因為我那不堪的自卑感作祟，再這樣下去，我會變得沒辦法溫柔對待蓮。

蓮是個好孩子，相比之下我卻很差勁，努力總是不夠，一直有所不足。

「蓮，早安。」

蓮喜歡的我是個溫柔的姊姊，我又能維持這個形象到什麼時候？

於是，在那令我焦躁不已的日子裡，我看到了一部偶像的紀錄片。

『我在總選舉哭得稀里嘩啦之後粉絲增加了。我真的很高興，很高興有人願意接納那樣的我！』

電視中的偶像如此說道。

「原來……失敗也沒關係啊。」

我不擅長與人對話，也不善於與人四目交接，什麼優點都沒有。

要是當上偶像，我這樣的人也能被接納嗎？

那天以後，不管做任何事情，偶像的事總是在我的腦中揮之不去。

『像我這樣的人，也有人憧憬我呢！』

偶像自豪地道出的一席話，深深刺入我充滿自卑的內心，無法拔除。

我想，大概只剩這個手段了。

如果是那個世界，或許我也能成為第一吧。

或許蓮也會一直憧憬著我也說不定。

「媽媽，我要當偶像。」

我理所當然地遭到父母阻止。

他們無數次地問我：「為什麼要選擇那麼辛苦的路？」但此時我的心中只剩下「當偶像的念頭」，以及「該怎麼做，才能像以前一樣跟蓮說話」而已。

我向父母拜託了一年，終於得到他們的同意，於是報名了全新偶像團體「cider×cider」的甄選，並且順利合格了。

通過書面審查後挑戰二次選考，接著通過最終選拔。我精心設計了能夠獲得評審青睞的劇本，並且死命練習唱歌與舞蹈。多虧了這些準備，我才得以通過那麼多審查。

因為每當我想像自己落選的樣子就會喪失自信，覺得自己再也無法帶著泰然自若的表情度過往後的人生。

後來，我被——不知道我內心作何感想的——蓮盛大地誇獎了一番。

我發了瘋似的掙扎努力，想著「還想要，還想要讓蓮誇獎我」。不知不覺間，我通過了cider×cider的核心成員選拔，成為國民級的偶像。

然而實際成為偶像後，我理解了。

五、「對你來說，偶像是什麼？」

偶像這份工作，光靠可愛沒辦法撐下去。

雖然說只要努力，粉絲們就會看到，但前提是必須做出一定程度的成果，不然人家根本不會發現。

畢竟夜空中繁星眾多，但大家知道名字的星星，充其量只有三到五顆而已。跟小石子一樣沒價值的群星，就算是學者也不會去查它們的名字。普通的女生……不對，普通以下的女生想成為夜空中最閃耀的星宿，必須比任何人還要努力才行。

「…………好煩躁。」

不習慣的舞蹈，不擅長的歌曲，什麼都不會的自己。儘管起初那些都令我厭惡至極，但是當我得到了粉絲們的加油聲，就能變得更堅強一點。

因為我必須一直發光發熱才行，直到光芒傳達給他，傳達給那個對偶像根本沒興趣，超級三分鐘熱度的男孩子。湧現這個念頭之後，我真的如同字面所示，什麼都辦得到了。

蓮一定不會看我練習時的影片，也不會看我的紀錄片。他會看的恐怕只有我的ＭＶ與演唱會影片，而且還必須是把我拍得最棒最漂亮的才會看。

「大家！謝謝你們！我最愛各位了！」

粉絲的聲援與祈禱將我變成了偶像。

宛如施了魔法在窮酸的我身上一般，把我變成他所憧憬的姊姊。

在畫面的另一端，或是在觀眾席上，也許會有蓮的身影。

只要這麼一想，不管是什麼樣的行程，我都能露出世界上最幸福的笑容。

——本來應該是這樣的。

「『曾幾何時，季節輪替♪』」

我不在蓮的身邊時，他好像找到了自己的目標，露出我從未見過的燦爛笑容。究竟是從什麼時候開始，蓮已經能露出那種笑容了呢？

「『你相機中的底片回憶慢慢增加，卻沒有我的身影♪』」

我根本不曉得蓮那麼想要找到自己的目標。

因為他拚命努力的階段只有在小時候，隨著年紀增長，他拒絕跟我傾訴心事了呀。

「『此刻的你，與誰在一起呢♪』」

還是說對象是我，才不能說呢？

蓮正在觀眾席上，我卻無法把視線朝向他那邊，因為他的身邊現在坐著米露菲。要是對上眼，我就會被迫意識到……

——那裡已經不是我的位置了。

「『那樣的我，如今已不能對你傾訴傷悲了嗎♪』」

口中說著「都是為了蓮」而離開他身邊成為偶像，我對自己的矛盾深感……

不對，不是這樣吧？因為要是這份感情沒有得到承認，這份感情要不是為了他……

「『對你而言，我究竟是誰♪』」

——對我而言，偶像究竟是什麼？

想著想著，不知不覺間，曲子已經結束了。

「謝謝大家！」

此時流落的一道淚水，究竟是為了誰的眼淚？我不得而知。

自從去看冬姊的表演以後，香澄的演技又更上一層樓了。

她本人表示：「我可以確定自己已經沒辦法跟人家一樣了。不過我一點也不後悔唷。」不僅如此，她還說：「我現在好像變得比我以為的還要喜歡自己。」看來她正在往好的方向前進吧。

原本還憂心香澄會被舞台氣氛影響，但我們來看表演似乎是正確的選擇。

而我向冬姊提問後，她的樣子看起來怪怪的，讓我不免擔心她那之後上台的表現。但冬姊充分完成偶像的工作，彷彿我這種人的影響根本不會造成她的動搖一般。

整個演出就如同我跟琴乃一起在短片電影節上看到的電影，毫無瑕疵，令人目不轉睛。展現了這樣的表演，讓我更加不想把拙劣的作品給冬姊看。

表演結束後，冬姊傳了訊息問我：『你安全到家了嗎？』看起來跟平常的態度一樣。

對此感到放心的同時，我也暗自覺得「那個問題最好不要再問冬姊第二次，不能再問了」。

答案應該要由我自己得出才行。既然她不願意告訴我，應該有相當的理由才對吧？

並非只有要求對方解答才是答案，我心裡的某處一定已經知道答案了才對。

因為我是冬姊唯一的青梅竹馬。

「怎麼啦～？蓮同學，你在想事情嗎？」

「沒有，沒事啦。我在想八月也過了一半，考慮到還要剪片，我們差不多得快轉一下進度了。」

「你只是突然想用用看『快轉』這個詞（註：電影、動畫、聲優等業界常用「巻く」這個說法，表示加速進展。為業界用語）吧？畢竟你看，現在拍攝很順利不是嗎？只剩下結局而已嘍。」

這裡只有香澄、琴乃與我三個人。在司空見慣的空教室裡，坐在桌子上的香澄晃著雙腳說著。

的確如她所言，按照這個進度拍下去，就目前的時間表來看，我們或許甚至還有時間能針對香澄演技不穩定的畫面重拍。

不過……也要結局的那幾頁空白寫好才行。

「對不起，都是我的錯吧。」

——也要琴乃的劇本完成才行。

低頭跟劇本大眼瞪小眼的琴乃沒有把視線轉向我們，用我們判讀不出情緒的聲音說道。

「我不是想要責怪妳唷，況且還有時間呀。對吧？蓮同學。」

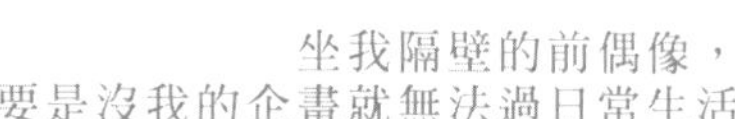

「對啊。話說回來，琴乃妳還好嗎？」

「咦……？」

「妳看起來好像沒什麼精神……自從我們去看表演那天以後就一直這樣。」

沒錯。與狀態絕佳的香澄相比，琴乃反而變得沒什麼精神。

她最初明明因為可以看到冬姊而意氣風發，結果回程時反倒變得沉默寡言，讓我有點在意她的狀況。本來以為琴乃是為了避免在香澄面前暴露興趣，畢竟她一旦開口就會滔滔不絕地闡述自己對冬姊的愛。

不過看起來好像不是那樣。最近琴乃總是鑽牛角尖似的看著劇本，常會壓抑自己的感情對我們道歉。

我覺得一定是因為那天發生了什麼事才會如此。但就算我打電話問她，她也不告訴我原因。笑容不斷從琴乃臉上消逝，所以我……

「我想成為妳的助力。遇到瓶頸之際，我也是有人幫忙才有辦法振作起來的。」

我靠近琴乃，對她開口。

沒錯，踏出最初的一步時也好，猶豫該怎麼編輯電影時也是。

要是沒有香澄給我的激勵，就不存在現在的我。

所以這次輪到我了——即便我這麼想，此時抬頭看向我的琴乃，眼神卻十分空洞。

「我沒問題的。」

「那就……好。」

只不過……她的「沒問題」聽起來是那麼地悲傷。要是自己的朋友用這種聲音說話，大多數的人都會直接反問「怎麼可能沒問題」才對吧。

我確實視琴乃為重要的朋友，因此更加不曉得該對她說些什麼。

「要是有什麼煩惱，絕對要立刻跟我討論喔。」

「如果是妳，一定能克服難關的」——這句話聽起來或許很不負責任。

可是我知道，這位可靠的朋友無論變得多麼遍體鱗傷，最後都會再站起來。

我手握成拳，伸到琴乃面前。

「…………你太擔心啦。我知道了。」

叩的一聲，琴乃的拳頭碰撞了過來。

過了幾分鐘，我們在太陽照入的教室中，開始了今天的拍攝。

「琴乃——！今天也好熱喔，我們去買冰吃吧！」

「好，我要去！」

兩人拿了零錢包。香澄說了聲：「蓮同學跟平常一樣吃美瑠特選就好了吧。我們買完就回

來！」隨即匆忙地出了教室。

當我們小憩片刻的時候，琴乃已經恢復平常的狀態了。

天氣晴朗的星期天——

我與香澄一早就到車站集合，搭上了地方線（註：地方線在日本是指運輸量偏少的鄉間軌道線路。以台灣的規模來說，南投的集集線可分類在地方線。日本現存的地方線多為偏鄉觀光用途）列車。

「請問……我們現在要去哪裡？」

「放心啦，放心放心。」

「我們這趟真的有目的地吧？」

「有的有的，相信美瑠嘛！」

「妳這樣教我怎麼相信妳啦！」

她根本不告訴我目的地在哪裡。

昨天回家的路上，我們討論了一下。

因為琴乃要上暑修班，況且劇本也還未完成，考量到進度狀況，明天的拍攝決定暫且休息。

「那明天早上八點在車站集合嘍！」

於是乎，香澄用猶如宣告決定事項的語氣說道，不給我拒絕的時間便直接回家，因而演變成今天的狀況。

說實在的，在敲定拍攝行程的當下，我的行事曆就已經盡數洩露給香澄了。而且我是真的有點閒，所以沒有理由拒絕人家。

總之，當我早上八點抵達車站時，戴著鴨舌帽，打扮十分休閒的香澄已經站在那裡。她穿著可愛的LOGO素T，搭配方格紋路的迷你裙，今天的打扮也很適合夏日的天空。

我向她走近，並且揮揮手。香澄隨即抬起頭，用燦爛的笑容對我說：

「蓮同學，早啊！那我們出發嘍！」

「要去哪裡？」

「還不能說！」

我還來不及跟香澄道早安，就被她拉著手，搭上剛抵達的電車。由於時值早晨，即便現在是暑假，車廂內也幾乎沒有乘客。

為什麼這種時候總是會讓人莫名興奮呢？是因為有種包下整台車的感覺使然嗎？

我們坐上鬆軟的座椅，打開車窗。外頭的風是那麼地讓人心曠神怡。

一旁的香澄開始把事先買好的點心與飲料排開來。準備得也太齊全了吧？我猜妳計畫很久

了，對不對？

說起來，我到底會被帶到什麼地方？

如此這般，我們回到一開始的話題。

我嘆了口氣，香澄的腦筋果然缺了點什麼。另一方面，我也感覺到自己心中的某處充滿對這趟旅程的期待。

雖然經常被琴乃說什麼「充滿挑戰精神」，可是一旦面對真正充滿挑戰精神的人，我果然還是只能甘拜下風。想必是我心裡某處仍有一道難以跨越的門檻吧，因此才會莫名不安，並羨慕起香澄的果斷。不過凌駕其上的是興奮不已的心情。

「窗外的景色完全不會變耶！好開心喔！」

「居然會開心喔！去鄉下玩常有的無聊風景妳居然也喜歡，我還是第一次看到這種人耶。」

香澄用我無法理解的思維歡騰著。看著那樣的她，總覺得自己的臉頰都放鬆了。

最近為了電影忙得焦頭爛額，要說精神不緊繃的話是騙人的。

她是因為看透這點，今天才會邀我出遊嗎？無論緣由是否如此，我都很高興，同時對香澄的厲害之處深有體會。

畢竟我光是自己的事就忙不過來了，根本沒有心思去關心別人。

要是能再從容一點，也許我就可以對琴乃說些更有建設性的話了吧。我一邊思考著，一邊看向啃著Pocky眺望窗外的香澄。

「…………還差得遠啊。」

「嗯？你說目的地嗎？」

「對啦。」

香澄將不斷地改變下去，今後一定會有更大的變化。我不曉得她究竟會變成什麼樣子，但是到時候我依然不想讓她孤單一人。

「還有一個小時左右呢。」香澄悠哉地答道。看著她的模樣，我更加篤定了自己的想法。

「我們終於到了耶。」

「這裡是哪裡啦？」

我不是問假的。這哪啊？

聽從香澄的指示下車後，我們來到一個氛圍近似鎌倉古都的小鎮。這個站名我壓根沒聽過，連到底是不是在縣內我都不曉得了。

「哎呀，其實美瑠也不清楚這裡是哪裡。我搜尋『散步逛街』、『開心』，就跳出這個景點了。」

「啊——我懂了。唉～算了。還好是普通的小鎮。」

不如說這條街太過正常，這下反而讓我擔心起等等要去哪裡，又要做些什麼了。

我盯著香澄看。只見她露出一臉不可思議的表情「嗯？」了一聲。

甚至還突然叫起來說：「那邊有地圖耶！」

「嗄？妳該不會……」

「從這裡開始就沒有計畫了！」

「真的假的啦！」

香澄露出憨憨的表情笑了。

她是說認真的……拜託跟我說這是騙人的好不好？

就算在這裡抱怨也於事無補，所以我只好跟著拿了一份地圖。

「蓮同學蓮同學，你想不想吃刨冰呀？」

「哦，不錯喔。」

「那麼Let's go——！」

因為沒有計畫，腳步也輕盈了起來。

我們兩個姑且先朝附近的商店街邁開步伐。

商店街比我想像的還要近，從車站走過去只要五分鐘左右。規模雖然不大，但是四處都有人潮，頗有活力，古色古香的氛圍十分溫暖。

服飾店、魚店、蔬菜店，無論哪間都對我們很親切。可能是因為平常不太會有年輕人來訪，他們給了我們不少優惠。而且每當我們從店家得到了些什麼，香澄都會笑得很開心，所以我們不小心待了很長一段時間。

我們一致認定最讚的是肉舖。明明只買了一個可樂餅，老闆卻說：「妳好可愛喔，這個給妳！」多送了我們炸肉餅。當他說「妳長得好像偶像啊！」時，我差點嚇出一身冷汗，不過後來沒有暴露，萬事大吉。

我們心滿意足地走出商店街，把肉舖給的傳單攤開，看著地圖，開始移動腳步。

「我好久沒逛廟會了耶。」

「對呀，好期待唷！」

這附近的神社似乎從昨天就開始舉辦廟會。我們告訴店家：「我們是從有點遠的地方來的。」於是店家推薦我們：「機會難得，去看看怎麼樣？」

「等一下，蓮同學。那邊有小貓咪耶！」

「真虧妳能發現牠。妳喜歡貓嗎？」

「不算喜歡啦。」

她雖然口中這樣說，眼神卻很認真。

「該怎麼說呢？貓咪就是『愛』的代言人啊！」

原來妳是貓咪狂熱分子啊？好炙熱的愛。

香澄說了句什麼：「有貓咪在曬太陽耶。」便被吸引進住宅區內，然後跟貓咪大玩特玩了一番後，帶著滿面笑容走了回來。

「呼呼——感覺長壽了幾歲～～！」

「那麼喜歡的話，何不養一隻呢？反正妳一個人住啊。」

「嗯——？我是想養啦。可是現在的我還沒辦法為小貓咪的生命負起責任，一個人生活都有點勉強了，所以必須先讓自己先振作才行。」

香澄打趣地笑著說，眼神卻很堅定。

讓我心想：「她真的變了。」

我知道她本來就是責任感很強的人。但是該怎麼說好呢？她已經跳脫自我犧牲的思維，轉變成能夠愛惜自己與他人的性格了——大概是這種感覺吧。我的內心話像是傳到香澄耳裡似的，她不高興地對我說了聲：「不要用那種眼神看我啦。」

可能是我一副後方監護人的樣子，被她給發現了吧。但是我沒有站在後方，也不是監護人。

我想一直與香澄並肩同行喔。

沒過多久（但也走了十分鐘左右），我們來到一間頗有年代的神社。

小小的神社境地內有幾間攤販零散坐落，當地人們看起來都很開心，十分熱鬧。

「很有鄉下廟會的感覺耶。這種場景好久沒看到了。」

「………」

「香澄？」

「嗯？抱歉，怎麼了？」

等不到她的回應，我於是轉過頭一看，發現香澄呆呆地佇立在我後方幾步的位置，回過神來般地看著我。

「沒事，只是在說這裡好熱鬧而已。」

「喔、嗯，對啊。」

感覺她的樣子有點奇怪，該不會這是她第一次來逛祭典吧？

「快走吧！我想玩玩看釣水球！」

可是還來不及問清楚，香澄就爬上了石造的階梯，讓我只好慌忙追上去。香澄一溜煙地往釣水球的攤位跑去，僅僅花了幾秒就把紙釣線給弄斷了，實在弱到爆。

「為什麼蓮同學的釣鉤就能勾住水球？」

有什麼好不可思議的？還不是妳把連接鉤子的紙製釣線整個泡在水裡了。而且那個水球的線還漂在那麼棘手的位置，妳就是硬要挑戰它才會失敗啊。

我的確釣到了兩顆水球，但也不算特別厲害。

順帶一提，香澄第二次挑戰時，總算發現不能把紙釣線浸泡在水裡，卻仍瞄準了同一顆水球，並且再度失敗。妳快點放棄啦！

「妳倒是告訴我那個花色的好在哪裡？瞄準近一點的不就好了嗎？」

「但人家就是想要那個嘛。」

「妳是小孩喔？」

「真抱歉呀，我就是小孩啦！沒關係啦，我就是為了這種時候賺錢的！」

香澄說完後又挑戰了五次。後來經營攤販的大叔說：「看妳這麼拚，妳要的那顆直接送妳啦。」香澄卻回答：「自己釣到的才有意義！」拒絕了老闆。

看到這樣的香澄，周圍的客人們都開始幫她加油。

雖然人沒有多到像我們去迪士特尼樂園時那樣，但眾人似乎都被香澄有趣的反應給吸引，慢慢地形成了人潮。

看到這個狀況，我戳了一下香澄的肩膀。她回答我說：「我知道，這是最後一次了！」隨即又從錢包裡掏出一百日圓硬幣。

「我要上嘍！最後一次挑戰！」

「…………好吧。那最後我也再來挑戰一次好了。」

稍微有點想要耍帥給她看。

我在認真挑戰的香澄身旁以比剛才專心數倍的態度釣水球。這次釣到三顆紙線才斷掉，於是我把水球交去給店家。

當我回來之際，香澄崩潰似的喊了聲：「釣不到啦！」此時——

「你不覺得那個女生跟某人很像嗎？」

「我也覺得。就是那個啊，跟某個偶像很像。」

他們可能從歪掉的帽子下瞄到香澄的樣貌吧，可以聽到周圍有人提及這件事。我跟香澄互看一眼之後便牽起她的手，帶她往神社深處跑了起來。

我們跑到神社後方的屋簷下。

這裡看起來應該可以坐下，於是我們暫時先坐在檐廊上，調整呼吸。

「好險喔～～！今天好像一直發生這種事耶？從我拉著蓮同學跑就開始了。」

「就是說啊。不過謝謝妳啦，今天很開心。」

基本上我是個明哲保身的人，儘管常說著「想發現些什麼」、「想在人生中有個能熱衷的事」，但若是沒有為了將來而念書寫作業，就會感到害怕。

去哪裡都要先制定計劃，沒有確實決定好方向與目的就會不安——我就是這種類型的人。所以今天毫無計畫的散步逛街之旅，應該會成為我最棒的暑假回憶吧。

「那就好。」

香澄對我露出微笑，看起來卻有點沒精神。

她果然很想要剛才那顆水球吧。

我把自己的那顆水球晃到香澄面前。

「這是今天的謝禮。」

「咦？咦！」

第一次的「咦」是因為眼前突然垂下一顆水球而吃驚，第二次則是為它的花紋感到訝異。

香澄宛如寶石的大眼睛睜得圓圓的，變得閃閃發光。

「為什麼？這是美瑠想要的那顆耶！」

「釣到五顆就能換一個喜歡的水球，攤位上有貼告示唷，所以我請老闆換給我了。不過不是球池裡面的那顆就是了啦。」

剛開始釣到的兩顆加上最後一次挑戰時的三顆。雖然差點不滿五顆，但是有湊齊實在太好了。

「可、可以嗎……？」

「可以呀。我不是說這是謝禮嗎？」

香澄小心翼翼地從我手上接下水球，狀似開心地盯著它紅白相間的繽紛花紋。

「謝謝你。」

接著，她對我綻放燦爛的笑容。

也許是因為興奮吧，她的臉頰染上紅暈，雙眸也有點濕潤，令我的心臟緊縮了一下。

她的笑臉讓我差點脫口說出：「要是能看到這樣的表情，要我給妳多少顆水球都可以。」真不像我會講的話。

「不過妳為什麼會那麼拘泥於那顆水球？」

「啊，呃——嗯。你果然有注意到嗎？」

香澄說著，以纖細的手指拿起綁水球的橡皮筋。

「小時候媽媽曾帶我去過廟會，還有玩釣水球。這顆水球跟當時那顆很像。」

香澄搖晃起水球，不知為何，我的視線一直跟在搖動的水球上。

「那是我第一次跟媽媽一起去逛廟會，也是最後一次。所以我真的很想要這個。」

這是我第一次從香澄口中聽到有關家人的事。

自年幼時就進入演藝圈，聽說父母親都是名人，她卻獨自生活。跟一般家庭完全不同的關係，讓我一直有點擔心。不過她好像還是有美好的家庭回憶，實在太好了。

然而看著香澄，讓我怎麼樣也不覺得他們的關係良好。

香澄彷彿看透我的想法一般，將她與家人的話題延續下去。

「我跟父母的關係不是很好。」

「…………」

「我爸爸是成衣業的老闆，媽媽是演員。他們是完美的假面夫妻，完全不回家，都是工作狂，我跟他們幾乎沒有什麼回憶……兩人都……對美瑠沒興趣。」

對親生女兒沒興趣──之所以會覺得這種事不可能發生，或許證明了我是在良好的環境中成長的吧。

我什麼都說不出口，只能繼續等待殘酷的現實，從香澄形狀姣好的嘴唇流瀉而出。

「但是某次我們在外縣市工作的回程路上，不知道為什麼她會心血來潮，帶我到當地的廟會玩。就跟今天一樣，是鄉下的廟會。」

香澄剛剛在神社的門口佇立了一瞬間……

想必就是因為這個理由吧。

「那一定是很快樂的回憶吧。」

「才不是呢，根本不是什麼多快樂的回憶。因為她很討厭人群，早早就把我帶回去了。」

「那也太……………」

「……不過，該怎麼說呢？應該是回憶會自動美化的原理吧。記得媽媽那天難得地露出了笑容。」

香澄緬懷著過往而眺望遠方，繼續說下去：

「我可以再說一段往事嗎？其實我會當偶像，是想要吸引父母的注意。」

「什麼？」

她突然的告白害我驚叫出聲。

香澄把偶像的工作做得那麼完美，讓我以為她應該是因為憧憬或是夢想之類的理由才當偶像的。

她嗤嗤笑著說：「有那麼讓人吃驚嗎？」

「我從小就在演藝圈闖蕩。某天，經紀公司的人跑來問我要不要當偶像。因為媽媽好像希望我當演員，我以為反抗她的話就能得到一點關愛，於是擅自報名了甄選。」

香澄以平淡的語氣陳述著事實……

「我因此當上了偶像。但她對我一點都不關心。」

聲音卻有點哽咽。

「就算我跟父母報告，他們也只有叫我不要給他們添麻煩而已。我也是在那個時候體認到他們真的對我沒興趣，只好放棄了。所以才會住進經紀公司的宿舍，逃離他們。之後和父母就沒有再聯絡過。」

「……原來是這樣。」

「嗯。聽起來很不真實吧？我為了吸引父母的注意，踢下了認真追求夢想的一千多個女孩而當上偶像。在她們之中，我還聽到有人抽泣著說：『這是最後的機會了。』結果叫到的卻是我的名字。那個瞬間的畫面，我一輩子大概都不會忘記。」

香澄低著頭，所以我看不清楚她的表情，但是……

「所以我當時就想，絕對不能放棄當偶像。」

香澄的聲音讓我陷入時間頓時停止的錯覺。此刻的她一定露出了哭笑不得，卻又忍下一切的複雜表情吧。

「不過我最後還是放棄了。這就是偶像『香澄美瑠』的始末。」

「……………」

「意外地不是什麼美好的事情對吧？」

確實如香澄所言，一點也不像週末晚上播放的偶像紀錄片，不是什麼美好的故事。

「但我還是覺得妳很帥。」

「嗯？」

「一路用自己的力量開拓自己要走的路，我覺得妳實在太帥了。」

香澄簡直就像以過去的她為恥一般，自虐地嘲諷著自己。但我反倒認為她是個十足的偶像。

偶像不是什麼只有耀眼與可愛的工作，這我早就知道了。必須腳踏實地一步步努力才能站上舞台，之後還要為了讓觀眾歡笑又唱又跳，是很吃力的工作。

我才想要有人帶給我歡笑。

她們明明這麼想也不奇怪，香澄卻背負了那些重擔持續奮鬥著，真的太帥氣了。

「香澄比任何人都還要像個偶像。」

也許她並不想聽到這些話，我也還不理解偶像的生態。

但我只是想傳達給她，我所認為的最棒的讚美。

香澄以詫異的神情看著我，接著突然嗤嗤笑了出來。

「蓮同學明明就不知道我當偶像時是什麼樣子，也根本不是我的粉絲不是嗎？」

「那個……抱歉。」

「沒關係啦，你從現在開始喜歡我就好了。」

我忽然心想：「我早就喜歡妳了。」

起初只是不想讓香澄獨自一人，但現在反而是我一心想要與她並肩同行，不想被她甩在後頭，想在她身旁注視著她，直到永遠。

並非以共同戰線或是夥伴這種距離。

——這種要求不過是我的任性。

「……我已經是妳的忠心粉絲了呀。」

「我才不想要蓮同學當我的粉絲呢……」

香澄有點氣餒地說。看著那樣的她，我問道：

「不然我要當什麼才好？」

話語突然脫口而出。

同志、夥伴、朋友？這些身分我們早就是了。

「呃，那個……」

香澄欲言又止，拿著水球的手閒得發慌似的不停晃動。

我不小心發現自己想要更加理解香澄。

這份心情並非以「我對她感興趣」這麼一句話就能帶過，而是近似於粉絲那樣熱烈的感情。

六、粉絲以上，朋友以上，什麼未滿？

只是我還不曉得這份情感該如何稱呼，所以只能沉默地凝視香澄的側臉，看著她的眼眸中照映出漸漸昏暗的天空。

下個瞬間，她的眼裡綻放出花朵。

「啊！」

轟！我聽見了悶沉的聲響，那道巨響猶如能夠撼動五臟六腑般。

「欸！香澄妳看！煙火！」

「呵呵，真漂亮耶。」

這個夏日祭典也兼辦了煙火大會的樣子。

不過香澄的反應跟我想像的有那麼一點出入。

還以為她會比我更興奮呢。

「……………妳該不會早就知道今天會放煙火了吧？」

「被發現啦？嗯，對啊，我知道很久了。」

果然，我就覺得奇怪。

「所以我才會選擇這座小鎮作為目的地。從肉舖老闆那裡拿到傳單的時候，我還以為要被蓮同學發現了，心臟一直撲通撲通地跳呢。」

香澄說著，將雙手疊在胸前，露出純真的笑容。

之後，我們兩人只是靜靜地看著天空。

年幼時的香澄，是否也像現在這樣仰望著煙火呢。

「妳對煙火有什麼回憶嗎？」

「沒有耶。就是因為沒有，才會來創造回憶的。」

香澄看著天空說道。

「我只是想跟蓮同學一起看煙火而已。」

我無法將視線轉離她的側臉，假裝欣賞煙火，卻光是注視著她的臉蛋。

暑假來到了中段——

「琴乃，那個啊……進度如何？故事結局多少定下來了嗎？」

「……………………對不起。」

差不多再不決定結局就糟糕了，氣氛越來越緊迫。平常總是讓我們開心度過的空教室，開始有股緊張的氣息流竄。

琴乃的道歉，應該是指依然完全沒有定案的意思吧。她滿臉歉意地低下頭，盯著自己創作的劇本看。

「可以的話，希望妳可以在這週完成，這樣會不會太困難？」

我其實不想說這種話。但既然琴乃負責劇本而我又是導演，講出這些話就是我的工作。倘若琴乃怎麼樣都寫不出來，我就有必要想個替代方案，現在已經沒有時間對朋友客氣，敷衍進度了。

再說，要是我們的關係會因為不客氣而崩壞，我一開始就不會拜託她幫忙。

七、對於「喜歡」，只有兩種回覆

「之前也說過了吧？要是有我幫得上忙的地方，要大方說出來唷。」

「………你的心意我很高興，但是我沒有可以拜託你幫忙的地方。我並非在煩惱沒有點子，我確實有想法，可是感覺還差了一步。我無論如何都覺得這個程度沒辦法變得像……」

「變得像什麼？」

「唔……剛剛的是口誤。總而言之，都是沒有完成劇本的我的錯，所以我不是說對不起了嗎！我會加油啦，你就……」

「不要把一切都當成自己的錯比較好喔。」

香澄向臉色蒼白的琴乃開口了。她一直在旁邊看著我們談話。

「因為妳要是對人家這樣說話，人家就不會再責怪妳了。我知道妳有很多理由，當然也知道妳很講究故事的構成。但既然我們的目標是參加比賽，在期限內完成反而更重要。已經差不多該……」

香澄的聲音溫柔親切，感覺卻很嚴厲無情。

琴乃的說法確實罕見地有點逃避，不過作為長年的經驗者，我倒是能深深理解她的心情。正因為說不出「請原諒我」，她才會把一切都視為自己的過錯。

香澄的責任感很重，她所說的都是正確的，正因如此才會深深刺入他人脆弱的心坎裡。我想起四月時的自己，同時打算幫琴乃說話，此時卻已經慢了一步。

「香澄同學自己不也是煩惱到最近嗎！天生被眷顧的人果然就是不一樣，也太讓人羨慕了吧。跟不乾不脆一直煩惱的我就是不一樣！」

「拜託妳不要自己下結論啦！又不是被眷顧就能解決全部的問題。我要是那種人，現在就能跟冬華姊一樣一直當偶像了！我也想解決全部的問題啊！」

「唔……………」

「不要用才能這種話定調一切。我確實一出生就在各方面備受眷顧也說不定。但是要如何運用那些，我同樣努力了很久！」

「那又如何？香澄同學還是香澄同學不是嗎！從妳的角度來看，或許只要有努力，理所當然就會有回報，但是我跟柏木同學…………」

「什麼意思？妳是想說『因為有我在事情就不順利』嗎？」

「我沒有那樣說，只是覺得跟不上腳步的自己不對而已！」

「琴乃才沒有資格說那種話，因為那聽起來就像『妳原本就做不到，我們卻拜託妳去做，所以辦不到也沒轍』一樣，實際上只是妳沒有去做而已不是嗎？妳不是一直在逃避而已嗎！」

「我才沒有……」

「我跟蓮同學很認真地看待這件事！琴乃卻感覺跟來客串的差不多。我當然知道妳有在陪我們，然而妳每次都一臉無可奈何地像個客人來幫忙，乾脆別幹了吧。不想認真做的話，就不要拐彎抹角地把這裡說得好像是妳的地盤一樣！」

「～～～！」

琴乃發出不成聲的啜泣，面色蒼白得彷彿已經斷氣了一般。她看了我的臉一眼，隨即起身把劇本啪的一聲朝我丟過來，就那樣徑直走出教室。

琴乃離去了。教室只剩我跟香澄兩人，場面寂靜到可以聽見彼此的呼吸聲。

「……香澄，妳剛剛真的說過頭了。」

「…………蓮同學。」

「琴乃自己也有事情要做，卻還是來幫我們的忙。如果是像我們一樣的雙贏關係就算了，但是要求她做到跟我們一樣的程度不太對吧。」

「你說的對……我好差勁，說了那麼過分的話……」

剛才與琴乃大聲對峙的香澄，用細微得快聽不見的聲音嘟囔著，隨即撿起掉在地上的劇本，緊緊抱住它。

「要不是朋友，我才不會說那種話。我不希望她變得跟我一樣。要是繼續拖下去，就會一直壓在心裡，沒辦法像剛剛一樣說出來了。」

「…………香澄。」

「琴乃一心認為『把一切都當成自己的錯也沒關係』，這種地方跟我很像，所以我才會想要幫助她。」

「…………」

「再來就是……嗯，我剛剛也許真的動怒了。氣我自己在重要的朋友心目中，只是個讓人感到自卑的存在。」

香澄說完，鬱悶地蹲了下來，眼淚奪眶而出。

「我想跟她道歉。可是琴乃……會給我道歉的機會嗎……？」

「這個嘛……」

「琴乃是我的第一個朋友，本來非得由我支持她不可。我卻擅自認定她是個堅強的人，以為她可以承受這個程度的指責，是我太天真了…………」

我能理解香澄的心情。

誠如她所言，我們太天真了。

「我才必須跟妳道歉，讓妳說那些話真的很抱歉。」

要是我能更有擔當一點就好了。至少不要在剛剛那個時間點搭話，要是改成在今天晚上，打電話問出她的想法就好了。

對琴乃來說，香澄是她喜歡的偶像，也是她的憧憬。

在憧憬的香澄面前，她想必不會希望暴露自己的弱點，這點我最清楚不過。

我也一樣，唯有冬姊，我不想讓她看到自己弱小的一面。

「蓮同學沒有錯。我想我們應該都誤解對方的意思了，也許彼此都沒有做錯什麼。」

正因如此，事情才會變得這麼錯綜複雜吧。

要是我能在事態惡化前插手阻止……

我握住香澄冰冷的手，思索著該向琴乃說什麼才好，同時對無法從容應付問題的自己感到失望。

當天傍晚，我造訪了琴乃家。

我猶豫著該怎麼向她的家人說明自己的來歷，同時按下大門對講機的呼叫鈴。琴乃的母親卻反應平淡地說：「你是琴乃的朋友嗎？請進。」反而讓我有點訝異。

「她常常獨自窩在房間，所以直接帶你去她房間唷。」

於是我被帶往琴乃的房間。這間房子的外觀已經相當大了，實際上卻比想像中更大。我看著與琴乃有些酷似的背影走在房子裡，這段時間長得讓人快喘不過氣。

先前常常聽琴乃說自己的父母很嚴格，可是女兒的朋友突然來造訪，他們卻願意讓我進家

門，她的雙親可能也擔心著琴乃的狀況吧。因為琴乃的母親就連我的來意都沒過問，彷彿已經知道為什麼我會來探望琴乃一樣。

這也就表示，回到家以後的琴乃態度非常奇怪。

「就是這裡。」

「謝謝阿姨帶路。」

我站在琴乃房間的房門正前方。

深呼吸之後，我敲了敲她家時髦的房門。

「琴乃？是我。」

沒有回應。是在睡覺嗎？

不過反過來想，這讓我有種不好的預感。

我明知無禮，卻仍擅自開門。只見琴乃哭腫了眼，無精打采地躺在床上。

「……哈，真的是柏木同學。」

她沒有換下制服，以空洞的眼神盯著地板上散亂一片的偶像海報與照片。

Side：久遠琴乃

為什麼非得是柏木同學不可呢？

最近過得太痛苦了，以至於我反覆想著這件事情，而且總是忍不住哭泣，就這樣度過每一天。

承認自己的喜好很困難，期望對方關注自己也很困難。

當對方不願回頭的瞬間，我的感情得不到回應的瞬間，就是失去一切的時候。從這點來看，偶像就很棒。只要不妄想接近對方，假裝自己一開始就不抱期望，便能輕鬆地一直喜歡著她們。

這是極端的想法，無論在哪個層面都很極端。

只要不對自己懷有期待，只要不參與自己不做不到的事，就不會厭惡自己了。

「妳在……做什麼？」

「跟你看到的一樣。讓不知好歹的我，看看現實是什麼樣子罷了。」

明明老實地活著就好了，妳到底給我幹了什麼好事啊？

看著在我面前坐立不安的柏木同學，我莫名地想笑。

在那之後，香澄同學說了什麼呢？

希望她沒有跟柏木同學哭訴就好了。

因為我遠比她還想跟柏木同學哭訴啊。

「我變得好可悲。我果然錯了，我沒辦法變得跟你們兩個一樣。我追著你們的背影，拚命跑拚命跑，不知不覺間卻連你們的背影都看不到了。」

我果然改變不了自己。

無論如何都無法承認這樣的自己。

都是自尊心作祟，讓我只能悲慘地哭泣。我無法原諒這樣的自己，也厭惡無法原諒自己的我。

倘若能央求他們「我會跟你們一起努力，所以請幫我的忙」該有多好啊？但要是做那種事，我就不是我了。

——琴乃才沒有資格說那種話。

我當然知道。

我早就失去站在柏木同學身邊的資格了。

雖然原本就沒有任何勝算，但我依舊下意識地認為，他不會變成任何人的東西。

我知道他不會回頭看我，卻希望至少能成為跟他感情最好的女生。

我不會要求你回頭看我一眼——我附加了這條但書，實際上卻是很貪婪的要求。

「最後一幕就用B案好了。讓女孩自殺，剩下的請你跟香澄同學拍完吧。我很開心，感覺自己多少有一點改變了。」

已經不行了，我撐不下去，再也壓抑不住。

說著那種話，手中卻緊握著手鍊——我唯一無法拋棄的東西。這樣的自己實在是可悲得讓人想哭。

——不想認真做的話，就不要拐彎抹角地把這裡說得好像是妳的地盤一樣！

被香澄罵了以後，我終於清醒了。

「沒有勝算」或是「最開始就不作期待」——我幫自己找了很多藉口，但其實心中的一隅一直相信著。

相信著柏木同學其實喜歡我，相信著有一天小冬會從舞台上找到我，對我說「妳很努力了」。

然而那種未來一輩子都不會到來。

親眼看到以後，我更加篤定了。小冬很帥氣，帥到我這種人喜歡她都對她感到抱歉。她為了撐起沒有香澄同學的cider×cider，卯足了全力。

就算作著自己想看到的美夢，到頭來能夠獲得成果的，依舊只有鼓起勇氣的人而已。

「為什麼妳要突然放棄這一切啊？我們不是一起努力到現在了嗎……？」

「但是就算我不在，你們也能做出來，不是嗎？」

柏木同學的未來不需要我，因為有香澄同學在，她能夠用相同的熱情陪伴在他身邊。

他最想要的不是能夠把「無法改變」給合理化的對象，也不是互相舔舐傷口的對象，而是足以把自己引領到新世界的存在。

即便早已知道，但我根本無法成為那樣的存在。

柏木同學會選擇香澄同學是當然的。

我不過是個好友輔助角色，隨便都有人能替換這個位置。

每當看到他們兩個，我一定又會像現在一樣可悲。我們的差距會在眼前不斷擴大而無法彌補，見到那個狀況，我又會更加厭惡自己。

因為我剛才連自己最喜歡的香澄同學都能遷怒，還對她說了很過分的話，逃了回來。

『那樣的我，如今已不能對你傾訴傷悲了嗎？』

這是小冬在N-STATION上唱的歌詞。

是啊，已經不能了，因為為時已晚了啊。

明明有那麼多時間，我卻什麼東西都生不出來。

我沒辦法繼續緊抱這份毫無前景的感情不放。早知道就不要踏出第一步了，維持古板的班長形象，想必就不會受傷了吧。

我死命噙著緩緩滲出的淚水。

要是現在哭出來，我一定會變得很可憐。

「怎麼可能嘛？就是有琴乃在，我們才能走到這一步……」

「意思是我不負責任嗎？」

「不是啦。我只是想跟琴乃一起努力到最後啦！」

「為什麼？你明明就有香澄同學在了。」

「妳跟香澄又不一樣。所以說呀，我們再一起加油一下……」

聽到柏木同學那句話的瞬間——

我心裡的某個東西應聲斷裂。

每次都這樣，柏木同學總是無法理解我！

「你覺得我沒有在努力嗎？」

「……咦？」

「柏木同學覺得我沒有在努力嗎！我有！我很努力，很加油，很盡力了！我拚命勉強自己去做，但就是只能做出這種東西！」

柏木同學從來沒有真正感受過自己的極限，才講得出這種話。

他相信「只要努力就能找到辦法」，天真地認為全人類都能適用這套理論。

「琴……乃。」

「我就告訴你好了。基本上，一般人無法成為任何人，像香澄一樣的人只占一小部分。柏木同學從以前到現在都只是個普通人而已。」

「…………！」

我不希望他這樣就受到打擊。

因為我才是真的受傷的那一個。

作此思考的同時，我思緒中的一部分也想到——香澄同學是不是也這樣想？

然而現在我只想著「至少要讓柏木同學受到相同的傷害」，所以話語停不下來！

「柏木同學很溫柔，但你對我只有溫柔而已，自己跑到我跟不上的地方，還一副陪在我身邊似的跟我搭話，對我太殘酷了。你要這樣的話，一開始就別把我捲進去啊！」

這是騙人的。願意把我捲進來讓我很高興。明明很高興，卻無法回應他的期待，令我對自己心生厭惡。

但是我會這麼想是誰的錯？我的痛苦都是誰的錯？

「因為我喜歡你。」

我一點也不想在這種時間點告白，然而話語一旦湧出喉嚨，就停不下來了。

「我，久遠琴乃，很喜歡柏木同學……！」

「…………」

柏木同學沒有給我回覆，但我也不想別開視線。我持續凝視著柏木同學，看著他一臉不可置信，僵住不動的樣子。

啊，真的好漂亮。

在昏暗的房間中，夕陽的餘輝照耀了他的眼眸，那依舊是我喜愛的顏色。

「就算我跟柏木同學說了『喜歡』，你也從來不會用『喜歡』來回應我，對吧？之前也只說了『謝謝』。『喜歡』的回覆只能是『喜歡』，除此之外都沒有價值。你的頭腦明明很好，可是有關這方面的事就很不靈光呢……」

柏木同學是個笨蛋，腦袋不靈光，我明明從來無法得到回報，卻無法憎恨他。我真的好討厭這樣的自己。

「不過你的那種地方也是，我全都喜歡。我這麼麻煩，你卻承受了我的執著，我就喜歡你這點。面對這種狀況，你卻沒有逃出去，繼續聽完我的話，這點我也喜歡。總是試圖理解我的想法，我也喜歡。被我說了很多過分的話，卻不會表現出你受傷的心情，這份溫柔……我也喜

歡。」

我全都喜歡。

所以，拜託，停下來吧。

「我想聽的話，你一句都不願意對我說。就算是說謊也好，你也不跟我說一聲『喜歡』。我卻依舊想著『可以在你身邊就好了！』我唯一能待的地方漸漸變成香澄同學的地盤！看著跟香澄同學走在一起的你，你知道我有多有多痛苦嗎！柏木同學！」

——為什麼不能是我？

我低下頭，不想讓他看到臉，同時把這句話吞了回去。

纏在臉上的頭髮讓我感到煩躁。

啊，真是的，別讓我顯得那麼淒慘啊。

「請你回去。我猜得到你的回答。從明天開始，我會乖乖地變回『班長』。」

語畢，我起身把柏木同學推出門外。

在體育社團也能大放異彩的柏木同學要是認真抵抗我，我一定推不動他，他卻順從著我走出房門。

可能真的大受打擊了吧。

畢竟我只讓他看到我期望給他看到的部分，那些被知道了也不會被討厭的部分。

咔嚓。房門應聲闔上。在這昏暗的房間裡看不見星星。

我連忙撿起小冬的照片，相片裡的她彷彿女神一樣微笑著。

「唔……嗚。嗚。嗚……啊啊啊啊……嗚啊——」

嗚咽聲自喉嚨深處傳出。

對不起，真的很對不起，我不會再那樣了。

我沒辦法活得那麼合理，沒辦法覺得「如果你不願意回頭看我，那就算了」。

我想要你牽我的手，想要你的安慰。就算不說出口，也希望你能理解我全部的心聲。就算什麼都做不到，也希望你能喜歡我。

「我這種人竟然喜歡上你，真的很對不起……」

這份感情會讓柏木同學苦惱，所以我原本打算深藏一輩子的。

我的願望明明無法實現，卻沒辦法討厭他。

我並不是想獨占你，而是想被你需要。不是想要你對我體貼，而是冀求能夠跟你站在同一個擂台，讓我一起痛苦。

願望就只是這樣，但對我而言還是太奢侈了嗎？

我用右手擦拭眼淚，此時想起手鍊還在手中，於是換用左手拿起來。

即便如此痛苦，我還是沒辦法丟掉它……

「…………真是可悲。」

那之後，我像是死掉一般俯臥在床上，然而冷靜不下來的腦袋讓人睡不著，所以只是一味看著小冬的照片流眼淚。

此時有人對我出聲搭話——已經是柏木同學回去後過了三個小時左右了。

「琴乃？」

「在。」

「哎呀，妳已經起來啦？晚餐煮好了，下來吧。」

是媽媽。看到我的樣子，媽媽依舊沒有問我發生什麼事。

不知道是顧慮我的心情而不好意思問，還是單純對我沒有興趣……我想應該是後者吧。特地關心我也只會讓我更受傷，我現在沒有能夠承受這些的心智了。

其實肚子一點都不餓，不過我還是挪動沉重的身軀，走下樓梯。

然後像個人偶一樣，老實地在餐桌就坐。

「為什麼還穿著制服？今天不是很早回來嗎？」

「……嗯。」

「妳昨天不是說要教同學功課，所以會很晚回家？」

「那件事已經取消了。」

因為從明天開始就不會再去那裡了。我已經把劇本交出去，我所飾演的女孩最後會自殺，所以也不會給他們添麻煩。

「這樣啊，那就好。」

「其實前陣子我進琴乃的房間時，看到很多類似劇本的東西，嚇了我一跳呢。琴乃太溫柔了，讓我很擔心妳是不是被強迫參加了什麼活動……」

「妳隨便跑進我房間了嗎？」

難以置信。我明明說過好幾遍「不要隨便進我房間」了！

「對啊。我只是想稍微幫妳打掃一下而已。」

「唔……不要多此一舉！那些劇本只是因為朋友很苦惱，我才會幫忙的。而且我今天已經正式拒絕了……不會再幫他們忙了！」

「哦，那就好。那些事對妳一點好處也沒有，根本沒必要繼續。」

沒好處的事……這倒也是，因為我只是想跟柏木同學在一起而已，我對電影本來就沒那麼感興趣。

但要同意這番話，卻讓我感到萬分痛苦。

「對呀。剛才琴乃的朋友來家裡就是為了這件事吧？妳那位朋友是在拍電影嗎？那種不知道

會不會成功的無聊小事，琴乃不用跟著一起攪和也沒關係。」

無聊……小事？哪件事？像我這樣的生活比較正確嗎？

對任何事都提不起幹勁，連個朋友都沒有的生活？

「對我沒有好處就不能做了嗎？」

冰冷的嗓音自喉嚨竄出，宛如別人的聲音一般，令人寒毛豎起。

「…………妳說什麼？」

「對我的將來沒幫助的事全都不需要，是嗎？」

「我沒那樣說吧？只是在說妳想做的事要排第一而已。」

「從以前到現在你都這樣講！我所有的興趣、娛樂！你明明把那些全都排除在我的人生外！怎麼好意思說這種話！」

「……琴乃？」

但這次明明是我自己逃走的。其實目前為止的人生，我也把「沒有人要求我」當成藉口，逃避自己做不來的事情。我有什麼好意思抱怨的？

「你覺得我想做的事就是念書嗎！你以為我真的只想念書念一輩子嗎……！」

就是這樣。全都怪罪到父母身上，甚至不斷避免讓自己去思考。

那我到底想做什麼？這股來自腦海的聲音，我不想面對它。

我怎麼會知道答案？就是答不出來才會一直逃避，當一個「乖小孩」活過來的啊。

不知道該怎麼表達的想法一直卡在喉嚨堆積著。

「那是琴乃都不說才……」

「怎麼可能……說得出口！之前我提過一次！結果你對我說『妳不是我的女兒』不是嗎！」

遺忘已久的過往一口氣脫口而出。

討厭死了。討厭這一切。討厭不理解我的父母，討厭我自己，討厭這個世界。

「我自己當然有錯，但造就這樣的女兒的不就是你們嗎！還有，不要只因為你們無法理解，就斷言人家在做無聊的事！對我來說，對我的朋友來說，那是很重要的目標！不准你們把他當白痴！」

嗓子與眼角就像燒起來一樣火燙。

不管誰都好，有沒有人能代替我活在世上？幫我活過之後的人生。

我……我已經……不曉得該怎麼辦才好了。

「我活著並不是為了成為你們兩個的洋娃娃，我不叫做『出色的女兒』！」

視線刺得我好痛。

他們兩人像是面對某個不可置信的存在似的看著我。

從小就是「乖小孩」的女兒突然說了這番話，他們一定嚇到了吧。

還以為他會立刻對我說「你不是我的女兒」。被他們的反應嚇到的反而是我吧。

「唔………」

既然都口出狂言，這裡也待不住了。總不能厚著臉皮回房間，至少我沒有辦法忍受。

回過神來，我已經從客廳奪門而出，穿上在玄關前目光可及的一雙鞋，跑了出去。

「嘶……哈……唔哇啊啊啊啊啊啊啊！」

然後我不作思考，漫無目的地奔跑。直到雙腳不聽使喚地跌倒在地，我才好不容易停了下來。

膝蓋傳來陣陣灼熱，灼熱的感覺甚至超越了疼痛。

「啊……嘶……嗚嗚嗚嗚嗚……」

就算仰望天空也不見一顆星斗，這是因為模糊的視野所致，還是今天的天氣不好呢？

即便我再怎麼想著小冬，她也不可能會在我需要時出面幫助我。

有個喜歡的偶像雖然能讓人生增添色彩，但是當我遭遇真正致命的危機之際，她們不會來救我，因為我只是依附在偶像的人生上，與她們共享夢想實現的故事而已。

我脫掉鞋子，勉強自己邁開腳步，尋找可以坐下的地方。

我穿出門的鞋子，偏偏是高跟的穆勒鞋。鞋子會咬腳，害我的雙腳現在嚴重破皮。

能穿著這種鞋子奔跑的只有身邊有人扶持的公主殿下而已。若非如此，最開始就該穿運動鞋

來跑才對。

「……妳差不多該有點自知之明了吧？」

可是在這種時候，我心中浮現出來的依舊只有柏木同學。

我好不容易坐到路緣石上，對著地面發呆。

接下來該怎麼辦？

此時，大腿感覺到了一陣震動。

「原來我有帶手機呀。」

似乎是一直放在裙子的口袋裡了。

我心想應該是爸媽打電話來了，於是看了手機畫面一眼，瞬間以為心跳要停了。

「是柏木同學……」

他是擔心我傍晚時的狀況才打來的嗎？

這個猜想確實很有可能，但我果然還是認為這是命運。

『喂？抱歉突然打給妳，琴乃妳現在能講電話嗎？』

聽到他溫柔的聲音，我的眼淚再也止不住。

——我只剩下柏木同學了。

「請你……幫幫我。」

『什麼？』

「我離家出走了……」

就算讓你看到我的弱小，你依舊不會變成我的東西。我自己也很清楚啊……

「琴乃！」

幾十分鐘後，柏木同學跑來見我。

可以聽見他從馬路另一端呼喊我的名字。

他的身影越是接近我，我就越感高興，胸口卻越是刺痛。

因為我知道，自己的戀情勢必會在今天死去。

失敗了。失敗了。失敗了。失敗了失敗了失敗了。

我究竟是在哪裡出錯的？到底是從哪開始犯下致命的失誤？我連那個轉捩點在哪都不懂。我不懂——什麼都搞不清楚的——自己。

所以才會導致現在這個局面。

我跟她每天都說了這麼多話，應該會在某些地方出現徵兆才對啊。

但我總是連自己的事都忙不過來。

我沒有多餘的心神去理解琴乃的事情。

不對，不是這樣。我一定是在害怕，以為琴乃跟我有相同的信念，利用她願意陪我的心情，要求她抱持跟我相同的熱情。

那只是我的自我滿足而已——我在害怕面對這個事實。

「最差勁的……不就是我嗎……」

琴乃的人格建立在在岌岌可危的平衡上，這我原本就知道了。

她會把想做的事與非做不可的事，明確地畫一條線區分開來。

好比說，有一項功課必須在明天以前完成。琴乃就算身體不舒服，也絕對會熬夜做完。即使大家說「交不出來啦」然後放棄，她依舊會去做。

比起做自己想做的事，或是自己期望的事，琴乃更會優先於非做不可的事。我一直都知道她不斷地過著這種生活。

但是她會用一派輕鬆的表情，說著：「這點小事是當然的。」所以我才會以為她是個更加堅強的人——

「不對，不是這樣。是我一廂情願地以為她很堅強。」

她跟我不同，該做的事都會確實完成，我就是喜歡她那帥氣的模樣，才會擅自將「班長」這個形象附加在她身上。

真正的琴乃，是從什麼時候開始變得遍體鱗傷的呢？

——我，久遠琴乃，很喜歡柏木同學……！

到頭來，卻是我不斷踐踏琴乃真摯的感情。

說服自己「我們是朋友」，把那些徵兆全都以對自己有利的方式解釋。

我當然喜歡琴乃，但對她的感情僅止於「重要的朋友」。

如同琴乃所言，當她對我表達好感時，我回以她「謝謝」。想必我的心情與琴乃不是相同的

溫度吧。

但是，我說得出琴乃的生日。喜歡的食物、討厭的食物，我都說得出來。苦惱時會輕輕歪頭的習慣、意外地做事很隨便的地方、喜歡的顏色、討厭的科目，我全都知道。

這樣的對象，對於不與他人深交的我來說，就只有琴乃了。

要說喜不喜歡她，我現在還不曉得。但她之於我很特別，這點不會改變。

畢竟對自己以外的人都不感興趣的我，這五年來一直與她在一起。

既然如此，要說我不喜歡她，反而難以置信。

她的樣子彷彿心中某個重要的存在應聲折斷似的，或者該說就像一味自嘲「自己一無所有」一般。倘若我不願正視她那個模樣，未免太傲慢了。沒錯，琴乃說的話看似在猛烈斥責我，但到最後她的說法聽起來還是認為錯在自己。

「為什麼她會對自己這麼沒自信啦……？」

我心想著「必須想點辦法才行」，但是琴乃空洞的眼神在腦中揮之不去，使我什麼想法都擠不出來。

只是讓我為自己的差勁感到疲憊而已。

這些心理負擔壓迫在我身上，令我幾欲崩潰。

我踢飛路上的石子，石子彈跳飛入雜草之中，瞬間不見蹤影。

當天晚上，我正襟危坐，手中握緊手機。

「不能再這樣下去。」

獨處思索之後，我依舊覺得不能就那樣放著琴乃不管。

至少該打通電話，就算只講個一句話，也該告訴她我的想法。告訴她：「我跟香澄都會一直等妳。」告訴她：「我們需要的就是琴乃，不是別人。」

我的另一隻手緊握著琴乃做給我的串珠手鍊。因為戴起來太可惜了，那天以後，我一直將這條手鍊寶貝地裝飾在房間裡。它帶給意志薄弱的我很多力量，讓我能鼓起勇氣。

「啊，我要按了……！」

我鼓起勇氣，按下通話鍵。

答鈴響起一聲、兩聲、三聲。接通了！

「喂？抱歉突然打給妳，琴乃妳現在能講電話嗎？」

『請你……幫幫我。』

「什麼？」

『我離家出走了……』

我連忙跑出家門。

數十分鐘後，我跳上電車，從車站跑往電話中提到的地點，看到雙腳傷痕累累，蹲坐在路邊的琴乃。

「琴乃！」

「唔………啊。」

彷彿能聽到表情變化的音效，琴乃一看到我，隨即露出泫然欲泣的表情，卻又立刻面露充滿歉意的笑容。

「你來找我了。」

「我當然會來嘍。因為……」

「我們是朋友？」

「不對。因為我很擔心妳。琴乃從來沒有在這個時間獨自出門過吧？」

還以為她會對我說：「請別把我當成溫室裡的大小姐。」所以我才講這種話。琴乃卻只是用虛弱的聲音，小聲地嘟囔道：「對啊。」

「……琴乃？」

「我跟爸媽……吵架了。這還是第一次。我他們說：『我不是你們的洋娃娃。』結果他們就

愣住了。所以我什麼也沒說地逃到了這裡。」

「啊，所以才……」

所以她才會拿著那雙變得破破爛爛的時髦鞋子。倘若是有計劃的離家出走，她應該會穿運動鞋才對。我猜想著琴乃的狀況。另一方面，得知琴乃不是因為我而離家出走，我既感到安心，又對自己有些厭惡。

琴乃仍穿著制服，而且雙眼紅通通的。想必是從學校回家以後沒有更衣，一直哭泣著吧。

在那間昏暗的房間裡，獨自看著散亂一地的冬姊照片，一邊哭泣。

「對不起，我明明沒有資格依靠你……」

「說什麼資格……」

「但是除了柏木同學，我沒有可以依靠的人了。」

我跟她對上了眼，那是一對會將人吸進去的迷人眼眸。

「我什麼都願意做，所以……」

該怎麼說呢？有點難用言語表達，但是琴乃具有跟香澄不同的吸引力。

也許是因為竭盡全力跑到這裡，她的夏季制服被汗水濡濕而變得些微透明。

為了遏止自己的視線往琴乃纖細的脖子飄移過去，我用力擰了自己的大腿，硬是把話從喉嚨擠出來。

「我沒錢了。」

「什麼？」

「所以說，我沒錢了啦。抱歉，剛剛慌慌張張地從家裡出門，所以沒帶錢，現在手頭只剩一百五十圓而已。我沒辦法借錢給妳當逃家資金了。」

「……………呵呵，哈哈哈哈哈！這種狀況，誰會想到要跟人家借錢啦！才不是你想的那樣！」

「咦？」

「我才想『咦？』吧！啊～～算了啦。我還在想運氣好的話，柏木同學會被同情心沖昏頭，把我帶回家裡耶，期待你的我真是太傻了。」

咦？剛剛說的是這個意思喔！

想不到帶女生回家的好機會從天而降！不對，什麼好機會啊！我白痴嗎？

「不，那個……妳願意來我家的話完全沒問題，我什麼都不會對妳做，我保證。我以靈魂向妳發誓。」

「不需要用靈魂發誓吧？」

看到我拚命辯解的樣子，琴乃輕輕笑了幾聲，隨即放棄似的繼續說道：

「算了啦。我看起來真的那麼沒有魅力嗎？」

「才不會，妳超讚的。真的，我認真說。要是我沒有『對香澄小心機防護罩』就……啊。」

「別那麼露骨地顧慮我啊。但是……這樣呀。早知道在香澄同學轉來以前多多色誘你就好了呢。」

琴乃說著，拍了拍一旁的路緣石。

「請坐吧。如果柏木同學跟我說些有趣的事情，我就會乖乖回家。」

「咦？」

「要是沒讓我覺得有趣，我們就會在這裡待到早上嘍。」

「怎麼突然給我這麼重大的任務？」

她對我說了什麼「這是對你的信賴」之類的回答。我在琴乃身邊坐下，想了一個她可能願意認真聽我娓娓道來的話題。

「那我可以說個以前的故事嗎？」

「可以呀。」

「琴乃之前不是把我說得好像很有人氣一樣嗎？其實我也沒有什麼朋友啦。」

「咦？」

「大部分都是順著當場的氣氛，隨便小聊一下而已，我從來不記得自己在何時講了些什麼。況且那種交情的朋友，我雖然不討厭他們，但也不覺得他們很重要。該怎麼說呢？因為我採取這

種態度，對方也差不多是一樣的感覺吧。國中畢業以後除了妳，我沒有跟別人聯絡，大概就是這個原因啦。」

除了琴乃以外，現在讀的高中裡還有其他同國中畢業的同學，當中也有以前交情不錯的朋友，但是我想自己應該不會再跟他們聊天了吧。

我不會與人深交，我只會這種相處方式。

我不僅一直這麼認為，不知為何也不感到訝異。

「剛開始，琴乃對我來說也只是個班長而已。可是妳以前對我說的話，我一直沒有忘記。」

「……我說了什麼？」

「當時我正在尋找一個可以熱衷的事物，所以不是有很多博而不精的興趣嗎？」

「嗯。」

「然而因為出入很多社團，卻不認真參與，所以有許多人對我很不爽，甚至會對我冷嘲熱諷。雖然我當時只覺得『這些人能不能別多管別人的閒事啊』，卻還是慢慢在意起別人對我的看法，於是開始思考是不是要避免跟人提及『我在尋找能讓自己認真沉迷的事情』或『這次要挑戰的事物』。結果那時我不小心把這件事告訴琴乃了。」

當時我心想：「糟糕了。」隨即做好心理準備，還加上許多道保險說：「不過也沒什麼大不了的啦。妳看嘛，就跟消磨時間差不多啊。」講了很多這種違背心意的話。聽完我的胡說八道之

後，琴乃卻——

「妳卻對我說：『你有很多喜歡的東西耶。』還露出有點羨慕的表情。」

「我有說過那種話嗎？」

「有啦。我當時好高興，還比手畫腳地跟妳說：『就是說啊！我怎麼可能討厭那些興趣！每個我都用同樣的程度喜歡著，可是感覺差了一步，所以只是在找那個不足的東西而已。』不小心講得很快呢。」

「那時候我應該看呆了吧？」

「沒有，妳露出很冷淡的眼神。不過我依舊很高興。該怎麼解釋呢？就是有種被妳拯救了的感覺。」

我會開始認定琴乃是「特別的好友」，也是自那件事情之後。

過去我總是在逞強，不要求別人能夠理解我。然而當時的我應該希望有人可以認同自己吧——為了讓我相信自己是正確的。

「所以我也想聽琴乃說自己的事。」

「……你是說離家出走的理由嗎？柏木同學很擅長套我的話耶。」

「妳聽起來是在套話喔？」

「對，完全就是。可是我很滿意，所以就告訴你吧。」

琴乃如是說，然後詳細地告訴我她父母的事情。

也告訴我她從小就一直扮演一個「出色的女兒」。

父母只會跟她談論有關學習狀況的話題，除此之外的事都放任不管，唯有門禁倒是很嚴格，可見是為了防止女兒誤入歧途而束縛著她。

「他們兩個都對我不感興趣，每次見到我就只會提學校或成績的話題，從來沒問過我本人的事，就連生日禮物每年也都是給我文具組。你敢相信這種事嗎？」

「我問妳喔……」

「請說。」

「有沒有可能是他們不知道怎麼跟琴乃相處而已？」

琴乃露出極其詫異的表情。

「…………什麼？」

「妳想呀，假如他們想跟琴乃說話，想得到的共同話題卻只有學校跟成績的事……之類的。」

「怎麼……可能……」

「而限制門禁可能是真的很關心你的安全之類的。反過來說，我的父母都採放任式教育，而且兩個人都在工作，這個時間跑出門他們也不會多說什麼。有時候我甚至會想『你們再多管教我

一點行不行啊？』」

倒不是因為我覺得寂寞就是了。

而琴乃的情況是，每當回家時，父母都會問候個一句話。

要是父母真的不在乎她，可能連她幾點回家都不會放在心上，只要女兒看起來沒事就好。倘若真的認為琴乃不重要，我想他們應該也不會送她生日禮物才對。

「雖然說出『妳不是我女兒』這種話是真的講過頭了，我也覺得不可原諒。但可能就是因為說了這番話，才會更加沒辦法放開心胸聽妳說話吧。」

「騙人，怎麼可能？如果是那樣，他應該要跟我說：『我不懂妳在想什麼。』不然……！」

說到一半，琴乃「啊」了一聲。

「…………我好像也一樣。仔細想想，我完全不清楚我爸媽的事情，一次也沒問過他們。」

「……這樣啊。」

「嗯，我好像從來沒有被他們強求做些什麼。我一直以為我爸說的『妳想做的事要排第一』是指要我當個會察言觀色，知道父母想法的乖小孩。該不會，他們真的不知道我想做的事情是什麼吧？」

「這我就不知道了。現在開始跟他們聊過以後就會曉得了吧？」

「唔……」

琴乃陷入了沉默。而我繼續對她說道：

「其實我也是到最近才發現，我一點都不懂青梅竹馬的想法。我覺得可能是因為人家總是展現帥氣的一面給我看，反而讓我沒辦法踏入對方的內心了吧。」

琴乃的臉頰淌下一道淚水。

「像我們兩個呀，不就是互相展現弱小的一面給對方看，關係才會變好的嗎？」

我突然想到，最近好像常常看到琴乃的眼淚呢。她原本有這麼愛哭嗎？琴乃用力擦掉眼淚，可愛地瞪了過來。

「我從來沒有看到柏木同學展現弱小的一面過。」

「那是妳把我美化了而已。」

「哪有……好吧，應該有吧……畢竟人家喜歡你嘛。」

琴乃的音量小到會讓人聽漏她的話。此時琴乃將她小巧的頭，輕輕地靠在我的肩膀上。

「請讓我再這樣待一下。」

說完以後，她把頭埋在我的肩上，靜靜地保持一陣子，然後穿上傷痕累累的高跟鞋，向我點頭敬禮才站起身。

「我要回家了。」

「那我送妳吧。」

「我沒問題啦。那個……這是什麼姿勢？」

「我背妳呀。琴乃的腳不是受傷了嗎？」

「……我很重，不要啦。」

「讓這個樣子的妳走路我才不要。」

「唔～～～！」

我在一臉不情願的琴乃面前擺好姿勢，於是她小心翼翼地撲到我背上。

好輕。這傢伙真的有每天吃飯嗎？

「好，那出發嘍。」

「你要是露出任何一點覺得我重的跡象，我就殺了你。」

琴乃用手臂勾住我的脖子。

「好危險的說法。我會把妳安全送到家啦。」

不過她真的輕到有點嚇人耶。

一想到她用這麼纖細的身軀承受著「班長」這個角色，總覺得……

「妳真的好厲害。」

「怎麼突然這樣說？」

「沒事啦。」

我把話吞了回去。「妳很努力了」這種陳腔濫調，一定不是琴乃所渴求的話語。

我們不發一語，走到了琴乃家。

即使互相沉默也不會尷尬，倒不如說還覺得相當舒心，我想我對琴乃……不。

要是這份感情有那麼容易轉變成言語，那我早就做出了結了。

「謝謝你送我回來。」

我一邊心有所想，一邊目送琴乃走進她家的大門，之後便動身返家。

那天夜晚，我輾轉難眠。

「琴乃沒來呢。」

「…………嗯。」

隔天，琴乃理所當然地沒有出席。香澄似乎也沒怎麼睡，臉色比平常還差，眉頭深鎖，相當擔心的樣子。

「蓮同學後來有去找琴乃對不對？她看起來怎麼樣？」

「……看起來像另一個人。」

「怎麼會？」

「她一直說自己沒辦法再做下去了，說自己什麼都做不到，要我別管她。」

「都是我的錯……」

「是我的錯。我是導演，在那之前我還是她的朋友。是我沒有注意到她被逼到這個地步，才會這樣……」

「這樣啊……」

香澄說著，在生硬的表情上擠出了微笑。

我想香澄應該不會停止苛責自己，但是她想必已經注意到我跟琴乃之間曾發生些什麼了才對。

要是我在用詞上能再小心一點——

「蓮同學沒有錯喔。」

「…………」

香澄彷彿看透我心中的想法般說道。

「畢竟所謂創作或認真闖蕩就是這麼一回事。蓮同學也知道有可能會發生這類事情吧？要是一群人創作一部作品能從頭到尾都心平氣和，作品根本不會有趣。一旦大家都認真去做，不會有衝突才奇怪呢。就是因為有這些糾葛，才能完成一部有趣的成品。」

「也許就跟妳說的一樣……」

「我們的狀況不能像工作場合一樣劃清關係，因為我們同時也是朋友。我知道這樣會很難辦，可是你已經做好覺悟接受這種狀況的發生了，所以才會下定決心要認真去做不是嗎？」

久違地見到香澄充滿挑戰心的眼神，讓我的心臟大力鼓動起來。

——當一個人遇到了某件事物，那個能讓他想要一生奉獻身心的事物，那個瞬間會有多麼興奮、歡喜啊。而那個瞬間的心情我知道。

一個人終於找到或無意間遇到那件事物——的那個瞬間。

我被香澄推了一把——的那個瞬間。明明已經做好覺悟，我卻仍舊猶豫不止。然而每當此時，我總會被香澄給拉回正軌。

「嗯，妳說的對。」

身體深處突然有股不知名的力量湧現而出。

對自己的想法要有自信！對自己的發言要負責任！

要是做不到，要是你的覺悟才這點程度，那乾脆放棄好了。

「這樣的話，你就要快點跟人家和好了呢。我同樣很喜歡琴乃，也想快點見到她……沉且她比別人還要嚴以律己，所以更要在她變得跟我一樣以前……聽懂了嗎？」

香澄放鬆了眉梢，以溫暖的音色說道。

沒錯，琴乃比別人還要嚴格律己，所以一定無法原諒自己吧。

現在不管我對琴乃說什麼，她都不會原諒自己。

恐怕在原諒自身之前，琴乃都不會把我們的話給聽進去。

她就是這樣的人，「我很清楚」。

「開拍吧。」

「……琴乃又不在，而且也差不多要進入劇本的尾聲了耶？」

「琴乃絕對會來，所以我們要趁現在把一開始香澄的演技比較不順暢的地方重拍一次。不是有些獨角戲嗎？」

「蓮同學變堅強了呀～就算我不在，你也能獨自努力了嗎？」

「怎麼可能？香澄不在的話，我已經放棄至少四次了吧。」

「唔哇，好精準的數字。好嚴格哦～～」

嗤嗤笑了幾聲後，香澄站起身說：「開始吧。」

我相信琴乃，所以要趁現在把能做的都先做好。

感覺如此才能證明我對琴乃的信任。

我如此心想並站了起來。此時身邊的她突然說道：

「對了。我其實一點也不想雪中送炭給自己的對手，但我也把琴乃當成好朋友，所以這件事我就告訴你吧。」

香澄用手指比出手槍，朝我的手臂戳了一下。

「我猜，琴乃對寫劇本一點興趣也沒有，她感興趣的是蓮同學喜歡的電影才對。」

那之後時光飛逝，又過了五天。

「不行，我的腦袋要當機了。香澄的演技真的太超過了啦。」

我們盡可能地重拍琴乃沒有出場的橋段。而我為了減少之後的工作量，先行展開剪輯作業。關在房裡獨自工作會悶到想吐，所以今天我也跟香澄一起來到學校。

即使現在是暑假，我們的到校率也高到跟社團活動一樣了。

順帶一提，香澄現在跑出教室，進行慣例的跑腿兼自我理解大挑戰。她買東西回來的速度確實越來越快了，但是她今天除了飲料之外，也說要看看冰品跟零食，所以應該還要過個二十分鐘才會回來吧。

要抱怨剪輯工作只能趁現在。

「這是什麼表演張力啊？好反胃。畫面整合不起來，怎麼可能整合成功嘛？把這玩意弄成一部連續劇的寺門先生到底是何方神聖啊？」

香澄最先的模樣簡直就像是騙人的一樣，她現在已經掌握好幽靈少女的角色性質了。

偶像的耀眼風采盡數消失，現在她的存在感變得稀薄，彷彿能當場變透明一般。昨天我把這

個發現跟她說了以後，她用獨特的比喻解釋道：「你有發現嗎！心裡要想像自己離地三公分唷。就像披上面紗一樣的感覺。」我聽不懂啦。

不僅如此，她還談起拍攝方法的構思：「美瑠我的臉從左邊拍過來會看起來比較寂寞。」我身為攝影導演的立場岌岌可危了。

不愧是她，專心起來就能直線成長。好比之前她明明成長到能當上國民偶像，卻仍消磨自己的身心，可是現在已經不再那麼做了，她未來的成長幅度大得令人害怕。香澄不管走向什麼樣的路，一定都不會失敗吧。

誠如琴乃所言，香澄是字面上的「天生就被眷顧」。

正因如此，我才會再度碰壁。而我並非「天生被眷顧」的那類人，所以沒辦法享受有一堵牆擋在前面的感覺。

也因此我才會像這樣苦苦掙扎。說實在的，有點束手無策了。

「…………啊──好討厭啊～」

「那要一起逃跑嗎？」

我吐露的心聲得到了回應。

「琴……乃？」

「嗯，好久不見了。」

身材苗條的少女倚靠在門邊。她沒有綁著平時的馬尾，反而將長長的黑髮放了下來。

那名少女無疑是琴乃。感覺今天的琴乃有些不同，她看起來比往常還要頹廢，同時莫名開朗，卻又略顯嫵媚。

「之後我想了很多。自從柏木同學走到那一側以後，我也嘗試過要努力變得跟你一樣，可是太辛苦了，我無論如何都辦不到。」

之前見到她時明明看起來像是要崩潰了一樣。今天的她精神很好，卻似乎在強迫自己有所作為。

「但柏木同學也不是不辛苦呀！因為你跟我很像嘛。」

琴乃砰地敲著自己的手掌說道，慢慢往我走近。

然後向我伸出了手。

「繼續跟香澄同學在一起的話就是會受傷吧。我能理解，所以我們兩個就放棄好了，一起逃走吧！」

「呃…………」

「我們回去了啦。畢竟就算不拍電影，柏木同學也不會絕望到想死掉。半夜講講電話，聊聊每天的不順利，然後一起假裝對日子不滿吧。我們像之前那樣過，不也非常開心嗎！」

她的聲音很明亮，聽起來卻彷彿在尋求依靠。

那樣的聲音讓我感受到，琴乃似乎快崩潰了。

「欸～你就點個頭嘛……」

我頓時暈眩不已。

現在要是牽起琴乃的手，到底會有多麼愉快，多麼放鬆啊？

反正就算回到先前的生活，我也不會絕望到想死啊。沒錯，我想充其量只會感覺心裡開了一個洞而已。

香澄的才能實在太過厲害。

讓人不禁認為再怎麼努力可能都敵不過她。讓我總是憂心忡忡，陷入自我厭惡。讓我知道自己有所不足，甚至每晚都會猶豫該不該睡覺。

這些日子一點也不開心。但是……

「抱歉，我做不到。」

「為……什麼？」

「因為對我來說，這是即便遍體鱗傷也想獲得的東西。」

每當更接近理想時，我都會非常欣喜。

我察覺到真正艱難的是——雖然知道理想的自己為何，也知道邁向理想方法，卻遲遲踏不出第一步。

實際去嘗試時實在很辛苦，讓我想逃離這些。然而……

「所以我不能接受琴乃的邀請。」

「這樣啊……」

琴乃笑了。

豆大的淚珠從她的雙眼流下，彷彿壞掉了一般。她的臉頰動作僵硬，拚命揚起自己的嘴角，緊閉著嘴唇。

「我早就知道了。」

她喃喃說著：「真沒辦法。」繼續說道。

「太狡猾了。香澄同學明明擁有我憧憬的一切……但是因為害怕受傷而從不踏出行動的我，根本沒資格說這種話吧。」

她露出徹底放棄的笑容。

「我這種人，任誰都不會喜……」

「聽我說，我覺得不是這樣！」

我不假思索地脫口而出。

她說的不對。這個問題無關乎喜歡或討厭。

「問題的重點不在於『我比起琴乃更喜歡香澄』，也並非『我不喜歡琴乃』所以才打算怎麼

樣。我想說的是，就算明知有困難，不適合自己又痛苦，我也想追尋自己憧憬已久的目標，就只是這樣……！」

——我就告訴你好了。基本上，一般人無法成為任何人。

琴乃說過的話在腦中浮現。

那時的她眼角噙著淚水，痛苦地叫喊著。

我實在不想讓她說出那些話。

「我自己也知道啊。我一開始就知道自己沒辦法成為任何人。」

明明潛力說低不低，最終卻無法成就什麼。所以我才會一味地胡亂作夢，又多次放棄夢想，最後忽視那些傷疤，佯裝出若無其事的模樣。

因此每當我再次宣言「這次要挑戰這個」之際，周圍都會擺出無奈的表情，猜想我這次可以撐多久。但在那些人之中，只有琴乃會對我笑。

「然而每當我放棄時，妳都會對我笑，所以我才會覺得自己還能再努力，而且欲罷不能。心想總有一天，我絕對要讓這個一臉放棄人生的傢伙看看我成功的模樣。」

每當我迷失方向時，在背後輕輕推我一把的一直都是琴乃。

琴乃的感情卻被我踐踏了。曾幾何時，我開始埋頭於自己的事，再度看不見周圍。

「但是琴乃不也一樣嗎？」

「………什麼？」

「每次我輕率地宣布要開始幹嘛時，妳都會去跟班上的女生搭話不是嗎？偶像的興趣也是，妳不也是好幾次想跟父母坦白嗎？妳付出了跟我相同的努力，一直在嘗試改變不是嗎？」

「為什麼……你會知道？」

「當然知道，因為我很喜歡妳。」

我的喜歡跟琴乃的「喜歡」，一定不是相同的溫度。

即使如此，我的這份情感，無法以別的名詞來稱呼它。

「呵呵……呵呵……呵嗚……啊——」

琴乃當場跌坐下來……

彷彿要把臉塞入身體般地掩住顏面，嗚咽了一陣子後才猛然抬起頭。

「柏木同學真～～的有夠無藥可救！」

說著這番話的同時，琴乃用哭花的臉綻放笑容。亮麗的黑髮因為眼淚而難看地黏在臉上。

「其實就跟妳說的一樣啦，所以我一直都很討厭自己。」

「……………你說謊。柏木同學的優點就是『會忽視自己』這點啊。」

「唔哇——好嗆喔。」

「沒錯，因為我大概是這個世界上最理解柏木同學的人了！」

無法完全否定她的話才是最可怕的。

看到我不服氣的表情，琴乃呵呵地笑出聲。

「柏木同學一點也不偶像呢。」

「什麼啦？」

「我發現香澄同學也一樣，她其實一點也不像個偶像。但是我一直都不想承認，不想承認我們是同一類人。」

接著，面對一臉訝異的我，她以說明的口吻道來：

「因為我跟你們看起來完全不一樣，你們兩個厲害到讓我想把你們當成別的生物。不過……說得也是，畢竟你在這裡嘛。」

「什麼意思？」

「柏木同學以前對我說過的呀。我說：『你好像別的世界的人。』你卻回答：『為什麼？我不是在這裡嗎？』那之後我就喜歡上你了。」

「…………」

「沒關係的。這裡就用『謝謝妳喔』來回答我吧。」

為什麼她會知道我的回答？她可能真的比我還瞭解我耶。

「畢竟我知道柏木同學沒有愛上我呀，因此以後會讓你喜歡上我的。」

她率真的紅色雙眸直直看向我。

「光是在遠處膜拜著未免太可惜了，對吧。」

琴乃祈禱似的雙手合十，俏皮地吐出舌頭。

烏黑亮麗的頭髮晃動著。她笑著面對我，露出宛如撥雲見日般爽朗的表情。

「我會用自己的步調追上柏木同學的，請做好覺悟唷！」

我應該是第一次看到她這副神情才對，但不知為何，我覺得這個姿態與琴乃最為相襯。

Side：久遠琴乃

為了盡可能讓自己看起來開心一點，我從喉嚨硬是擠出聲音。

「啊～啊，柏木同學不是偶像，真是太好了！」

我希望柏木同學炯炯的雙眸中有我的身影。

光是一味等待是不行的，我已經有慘痛的教訓了。這次我希望配得上他。

不同於至今為止的執著心。在連自己的事都忙不過來的生活中，你依舊有好好地關注我，使我真的愛戀上你。

有什麼東西是即便受傷也想得到手的？對我來說就是柏木同學。

所以說，那不就是「想要的東西，無論用什麼手段都要得到手」的意思嗎？

「今後請你要全力感受我的心意唷。」

我認為不管香澄同學跟柏木同學的關係變得多好，先喜歡上他的都是我。就算一起度過的時間長度不同，柏木同學最後仍會是我的夥伴。我總是心想「反正他不會改變」，所以其實沒有幫他加油過。

我一直在祈願自己喜歡的人變不幸，其實現在我心裡的某處也依然這麼想。像我這種人，怎麼可能獲得幸福？

要是香澄同學的話，即便柏木同學的決心動搖，也會對他露出百般信任的表情吧。

然而即使如此，我不會繼續害怕自己變得可悲！不會去想「自己贏不過她」或是認為「就是因為懷抱與自己身分不符的願望，才會造就今天的局面」。

我啪的一聲打開心裡的開關。

我總是壓抑著自我。

總是希望周遭把我視為刻板印象中的「乖小孩」，因為那樣會讓一切都變得輕鬆，可以不用受傷。一旦放棄，然後當個乖小孩，就可以在某種程度上獲得幸福。但是原來我應該再多多展現自我。再不有所作為，就無法滿足自己了。

我必須改變，否則一輩子都只能一味渴求。

我以雙手直接握住柏木同學的雙手。

好溫暖，能感受到溫度，他就在眼前呼吸著。

柏木同學不是偶像。

——所以我還能觸及到他。

「要是能夠堂堂正正地站在你身邊，可以不過這種只當個乖小孩的普通人生，我就算為此受傷也沒關係，變得可悲也沒關係。在挑戰之前就放棄，假裝自己沒有受傷，反而會讓自己更痛苦，我已經懂這個道理了！」

因此我決定，我也要拚命一次看看。

為了有朝一日能跟你眺望同一片景色。

為了有天能夠觸及到你。

之後過了一段時間——

「咦，什麼！琴乃回來了？」

我的「好友」兩手抱著大量的零食，看似陷入混亂地說著。我對她莞爾一笑，說道：

「**美瑠**，我回來了！來開拍吧！」

首先得從讓自己能映照在——沒有開啟朋友濾鏡的——柏木同學的鏡頭中開始。

如果必須加上「可憐」或「愛哭」之類的濾鏡，看起來才能可愛，那我乾脆死一死算了。

「還有，請讓我把話講清楚。先看上柏木同學的——是我。」

視野似乎模糊扭曲了起來。

雖然心臟的跳動快到有點奇怪，雖然手心流了許多汗，但是我不會讓給別人。我才不要放棄，絕對不會告訴妳「你們兩個應該是兩情相悅」。

我如此心想著，同時看到表情從目瞪口呆變成雙唇緊閉的美瑠，心裡莫名地開心。

因為我想，這就代表她視我為勁敵了吧。

對了，也許現在我可以說出口了，今天回家就說說看吧。

這五天之中，我都意氣用事地不跟爸媽說話。但是現在的話應該能坦率一點……

告訴他們我自己的事。告訴他們我連想做的事都沒有，所以現在想要開始尋找目標。

我要跟他們討論至今為止的事情，以及將來的打算。

啊，還有，今天就清楚告訴他們我喜歡的東西吧。

告訴他們，我不是只會念書的女生，還有……

——我喜歡偶像。

八月已經結束，暑假漸漸瀕臨尾聲，比賽的報名截止日也快到了。

「唔哇——！好棒的景色！」

眼前是一片開闊的向日葵花田。

香澄一見花田便跑了起來，飛奔跳入一片金黃之中。

望著興奮歡騰的香澄，琴乃露出一副「真拿妳沒辦法」的表情。她戴著一頂純白的寬簷遮陽帽，優雅地走在我身旁。

兩個人都穿著相同的白色連身洋裝。

接下來，要開始拍攝最後一幕了。

「『能與妳相遇，實在太好了。』」

道出這句台詞的是面露飄渺微笑的琴乃，也就是曾經孤單一人的少女。

初次結交的好朋友將要升天，從此消失。

九、我正在改變，請不要將視線從我身上移開

琴乃一直煩惱著少女在好友消失後會採取什麼行動。

少女到底會怎麼做呢？失去了堪比一切的摯友之後，她還能往前看嗎？抑或會跟隨幽靈少女的腳步自殺呢？後者的印象比較有——總是孤單一人的——「我」的樣子。

曾如此主張的琴乃，在復歸拍攝後大大改變了想法。

「我覺得她獨自待著時會哭，應該也會感到絕望，然而在摯友面前應該會逞強吧。所以結局就採用『以笑臉目送好友』這個方針吧。」

琴乃說著，並在「自殺」這兩個淒涼的字眼上以紅筆畫了叉叉。

「這樣好嗎？美瑠覺得以高中生來說相對沉重的作品也很好喔。」

「……沒關係。雖然這是U二十二的作品，但是一旦把年少輕狂當武器，就贏不了任何人了。」

「唔哇，一針見血。」

「呵呵。這部作品是我們的作品，所以我沒辦法妥協呢。而且我覺得她一定也想把自己成長的姿態，給她的摯友看看才對。如果往後都過著一味放棄的人生，跟美瑠的相遇就沒有意義了。」

啪，琴乃闔上了劇本。她的意見既準確又易於理解。

琴乃變得比以前還要能悠然度日，也能夠與香澄對等交流了，這樣的她堪稱無敵。原本她的

資質就十分優秀，卻因為缺乏自信而扼殺自己的才能。多虧她不再自卑，才能變成現在這樣。

最近琴乃每天都卯足全力，總是以一派輕鬆的神情把能做的事盡可能全部完成。

狀態絕佳的琴乃小姐面向我，露出笑容說道：

「導演，我們想要創造夏天的回憶。」

她如是說，好像已經待膩學校了。

可是我就老實說吧——截止日將至，緊迫的事情就是緊迫。所以我提出了折衷方案，最後一幕就選在她們想要創造回憶的地方，於是一行人來到這片向日葵花田。當然，這個決定也有把電影高潮拍得更華麗的意味在，正所謂一石二鳥。

「『我一點也不想與妳相遇。』」

香澄飾演的幽靈少女說著，露出萬分柔和的微笑。

「『因為這樣一來，上天堂就不會那麼難過了。』」

幽靈不會流淚。幽靈不會觸碰。幽靈不會，幽靈不會，幽靈……

「『我最喜歡妳的溫柔了。但是妳應該會忘記我吧。』」

「『我才不會……』」

「『一定會。畢竟妳還有未來的日子，不是嗎？』」

幽靈不會留戀人世。

香澄所飾演的幽靈，以幽靈來說非常真實而生動。

她身穿白色洋裝，肌膚宛如陶瓷般潔白，臉戴純白的面具，彷彿此刻就要融化在夏日一般，但確實就在眼前。

也因此深深地映入觀者眼底。

我頻頻掛念著「幽靈究竟何時會消失？」並將思緒集中在琴乃身上，心想：「少女何時會不堪負荷地落下眼淚呢？」

我一直想要完成這樣的作品。

而成品就在此處。

我絲毫不理會高照的豔陽，只注視著鮮黃之中兩位純白的身影。她們是那麼地耀眼。

唯有這個事實讓我傾心。我想不僅是我，任誰來看都會如此。

「『我只有現在了！只有與妳在一起，我才能覺得自己活著！』」

琴乃——少女說著，輕柔地抱住香澄。

「『但是我會活下去的，因為妳一直都在我心裡。能與妳一直在一起的方法，我只知道這個而已……』」

她當然碰觸不到幽靈。

香澄輕巧俐落地往後退了一步，小聲說道：「『對不起。』」

緊接著消失在空中。

她在原地轉了一圈，倒入向日葵花田中。

透過這個動作，白色的身影沉入金黃之中，讓人看起來恰似憑空消失。

「厲害……」

提出這個動作的雖然是我，但是我深深看得入迷，感覺好像真的消失了一樣。

「欸～導演～～要卡了沒？」

「哇，抱歉。卡！」

我連忙說道。香澄隨即跳起，純白洋裝的裙襬染上了土黃色。她指著我說：

「真是的！這個升天姿勢很累人耶！」

「別這樣啦！我到剛剛都還深深地沉浸在感動裡啊！」

「請別得意好嗎？你得把這一幕弄得更有趣才行喔。」

「編劇好嚴格……」

我用尋求協助的眼神看向香澄。只見她閉上眼，對我搖了搖頭。

「有趣是基本要求吧？畢竟有美瑠在呀，有趣可是起跑線而已唷？」

「演員也對我好嚴格……蓮要哭了唷。」

「請別裝可愛了，這樣一點都不可愛。」

「琴乃真是的，好傲嬌唷～被誇獎明明就很高興。」

「誰……誰傲嬌了！美瑠好囉唆！」

「哈哈哈，人家才不囉唆～囉唆的是琴乃紅通通的臉頰啦～」

「唔～～！討厭！」

啊，琴乃追著香澄跑起來了。感情真好啊。

趁著現在四周無人，我一邊看著兩人嬉鬧，一邊啟動帶來的筆電，立即開始認真作業。

「畢竟得由我完成啊……」

我用玩笑般的口吻說了喪氣話，與此同時也感受到相當大的壓力。

我自認這兩個月當然有比兩個月前的文化祭還要有所長進。

一旦看到香澄，就會深刻感受到「別人是別人，自己是自己」這句話的意涵。多虧如此，我變得能夠在某種程度上將彼此分開來思考。

「我們這樣也算同齡啊……」

然而即使能那樣思考，厲害的人就是厲害，沮喪的事就是沮喪。

我點擊另一個標籤中打開的短片，嘆了口氣。

這是我與琴乃一起看過的，短片電影節的作品。

由於印象深刻，我就在社群網站上輸入電影標題搜尋它，結果找到了拍攝這部作品的人的帳

號。個人簡介的部分寫著他現在是高中二年級生。

他——或者是她——跟我同齡。

「蓮～同～學～！那邊有在賣霜淇淋唷！」

「一起去吃吧！我最喜歡這種東西了！」

我啪的一聲闔上筆電。

該著眼的不是高到看不見的天邊，而是眼前的自己。我可不會放棄。

我應了聲：「現在過去。」不曉得是不是因為夏日的炎熱，總覺得自己的聲音聽起來頗為遙遠。

現在……只有現在，就讓我再稍微逞強一下吧。

我們坐在從向日葵花田回程的巴士上。

為了防止香澄的身分曝光，我們才來到偏僻的鄉下。也因為如此，不僅是在向日葵花田時，連在公車上都是包場狀態。

「琴乃睡著了耶。」

「對啊，她應該玩得很開心吧。」

琴乃在我身邊熟睡著。我想或許是因為她解決了最近發生的種種壓力，不過更大的原因應該是解決了家庭問題吧。她說著：「回去以後我要把照片給他們看。」拍了很多張照片。看琴乃的樣子，她與家人的關係似乎正朝向良好的方向前進中。

我一邊為滿臉幸福的琴乃感到欣慰，一邊望向車窗外一成不變的田野風景。

「日常這種東西好像都是相連的耶。」

「什麼？蓮同學，你突然怎麼了？」

「沒有啦，因為剛放暑假的時候，我沒想到這個夏天會這麼高潮迭起，甚至曾經有一點後悔，但是後來我們都跨過去了，才能像現在這樣。所以我在想，正是這些事全都相連在一起，並且延續下去，我們才有今天吧。」

「這不是理所當然的嗎？因為到昨日為止的自己，就是成就今日的自己最根本的依據呀。我們要變成能讓自己引以為傲的人才行！」

那對我來說曾經一點都不理所當然。直到與香澄相遇為止……

過去的每天每日都重複著相同的行為，無聊透頂，從來感覺不到自己有所成長。

不過這件事有點羞恥，所以我不會說出來的。

「香澄……？」

我的肩膀感受到輕微的碰撞。

琴乃靠在我的手臂邊睡覺，所以一定是香澄。我一面與理性奮鬥，一面確認香澄是否也想睡

而轉過頭看。結果——

「大意了吧，笨蛋～」

啾，臉頰碰到了柔軟的觸感。

「什……！」

「美瑠也是每天都會改變的唷。具體來說是每天都會越變越可愛，為了讓蓮同學覺得我很可愛哦。」

香澄吐出紅紅的舌頭。唾液濡濕的唇瓣看起來很性感，讓我離不開視線。我感受到今天的最高溫度，腦袋因此一陣暈眩。

「美瑠我正在改變中，現在可不是把視線移開的時候唷！」

語畢，香澄說了聲：「真是的，我要睡了。」隨即當場閉上眼睛。

「都不給我回應的機會喔……」

對我來說，香澄是什麼人？對香澄來說，我又是什麼人？

猶如要逃離這些疑問般，我將身體交給疲憊感，闔上雙眼。

「明明我也……但是你……真的……都是笨蛋。」

在模糊的意識中，似乎能聽見熟悉的聲音掠過耳邊。

「我要自我介紹嘍。我是香澄美瑠，ＡＢ型十七歲。喜歡的食物是拉麵，討厭的食物是所有的蔬菜，小黃瓜尤其討厭吧。興趣是玩遊戲，特技也是玩遊戲。請多多指教！……怎麼樣？」

「很好，不是只有好而已，厲害到我要哭了。」

「哪裡厲害？」

「香澄的進步幅度啊！」

在香澄住的公寓的一間房間中，我們兩個盛大地抱在一起。

走到這裡，花了好長一段時間。為了尋找自我，香澄不停地吃拉麵，不斷地逛網購，也不怠惰於遊戲。

光聽這些只會覺得她在玩耍而已，可是我們很認真看待這件事。直到香澄能只靠「今天的心情」這種模稜兩可的依據訂餐為止，我們倆究竟花了多少時間啊？

然後我們定下的最終目標，就是用現在的版本來介紹自己。

『初次見面。只想獨占你的視線♡我是本學期轉學到這間學校的米露菲——香澄美瑠。』

我的腦中回想起偶像氣場全開的香澄姿態。

與當時相比，她已經變得更像「普通的女孩子」了。

雖說如此，香澄的光輝依舊沒有消失。這並非因為缺少什麼而散發出來的危險光輝，而是讓

人不自覺地想要聲援她的「健康的光芒」。那道光就在這裡。

「太好了～～！蓮同學製作人終於也合格了呢！」

「幹得好，真的幹得太好了啊，我……」

「等等，美瑠的呢？」

我敷衍地摸了摸她的頭，關起我搖擺不定的理性。

香澄鬧彆扭似的鼓起臉頰，把頭低到我前方。

「做得好，香澄。」

「哼哼～一開始老實地誇我就好了嘛。」

我在掩飾害羞啦，這點小事妳要懂啊。

「等……蓮同學，好隨便！」

「我知道我知道。」

「唔～～你對待美瑠也要像對待琴乃一樣溫柔啦。」

她的聲音流露出濃濃的悲傷，使我不禁停下手。

「…………」

「美瑠也是女孩子唷。就算我們是夥伴，組成了共同戰線，我也是女生啊。」

「……抱歉喔。」

就是因為十分理解這點，我才會那麼困擾啊。

我輕柔地撫摸香澄的頭髮後放下手。

聞得到洗髮精淡淡的香味。那是只有女生才會用的，花朵般甘甜的氣味。

「話說回來，香澄的演技真的進步很多耶。」

趕在按捺不住之前，我強硬地改變了氣氛。

香澄可能也耐不住這個氛圍，用平常的態度回答我。

「謝謝。因為我從中途開始，有時候會把自己跟角色重疊，讓自己的心情變得沉重一點。」

「那也太厲害了。」

「對吧～！我已經不會被角色吞噬，可以正常演出了唷。」

香澄的聲音有那麼一點哽咽。

「因為我是香澄美瑠，可以不用成為別人！」

如此說道的她看起來是那麼歡喜。我明知理由為何，卻開始思考——為何心中的這份熱度都不會冷卻？

「畢竟我不會討厭『跟你在一起的我』，也不會討厭『第一次喜歡上的自己』，更不可能會想成為別人不是嗎？」

啊，真是的。答案不就是因為香澄作為香澄自己，看起來很幸福嗎？

「蓮同學？哎呀，你該不會因為學生的成長哭了吧？」

「……妳很煩欸。」

香澄沒有逃避自己的人生，真的……帥氣得不得了。

我也想像她一樣。這份心情促使我渴求能夠繼續站在她身邊的資格。

——柏木同學明明不怎麼對別人感興趣，但香澄同學的狀況倒是看得很仔細嘛。

——這是當然的啊。我們從四月開始就一直在一起，再怎麼樣目光都會追向她吧。

琴乃確實說過這段話。

但是，我想原因並非如此。

我是將香澄視為一個女孩子，才會……

「問妳喔。」

「……什麼事？」

「下星期有哪天能見面嗎？」

「我會全部空出來。」

「那下星期一見個面吧。我有話想跟妳說。」

提出邀約時的我，臉頰有沒有變紅呢？

回到家後，我獨自剪輯著電影，這才想到這件事。

都是香澄的錯，因為她用我從沒看過的純真笑容回答：「好……」

這部電影完成以後，我就告訴香澄吧。

告訴她我想要能待在妳身邊的資格，今年、明年，直到未來。要在我的手觸及不到她之前說出口。

螢幕中映出戴上面具的香澄。光是這樣，我的心臟就劇烈鼓動。

『所謂的戀人，會讓你聽見胸中的鼓動。』

上個月看過的電影台詞掠過耳邊。

如此美麗的畫面當中的香澄，我明明一直想將她展現給別人看，才會一路拍攝到現在。倘若拍不好，我就不斷跟它對峙，並且奮鬥至今。

然而說來慚愧，現在我已經不想讓任何人看到她了。

「啊——……糟糕了啊。我這不是……超喜歡香澄嗎……」

首先要完成電影才行。

然後要第一個讓冬姊看，把我長年的自卑做個了結。

我要回覆琴乃的告白，把模稜兩可的回答講清楚。就從這裡開始解決。

然後我要好好說出口——我喜歡香澄美瑠。

我決定不再逃避，會好好地面對她。

我默默進行著電影的編輯作業。因為腎上腺素分泌過剩，今晚我似乎也無法入眠了。

Side：香澄美瑠

我沒有「被自己喜歡的人所愛」的記憶，所以感覺有點不真實……不對，應該說一點也不真實。

——那下個星期一見個面吧。我有話想跟妳說。

但這個邀約，應該不會只是該不會吧？

我緊緊抱著蓮同學用過的靠墊，深深吸了一口氣。

「好開心唷～」

是啊，真的很開心。

與蓮同學相遇以後，我的心情都亂糟糟的，一直變來變去。明明不順心的事情接連發生，卻連那些種種都讓我開心不已。

為了想成為的自己而逼迫自己。我在做的事與偶像時期毫無二致，卻與我在黑暗中一邊掙扎，一邊不明所以地前進的感覺確實有所不同。

要說「不可思議」，也未免過於虛偽、太可笑了。這哪有什麼不可思議的？

因為我跟喜歡的人在一起不是嗎？因為想成為「能跟喜歡的人在一起」的自己不是嗎？

因為我越來越喜歡自己了不是嗎？

「嘻嘻嘻～～」

畢竟蓮同學說了那種話嘛。

該不會……這真的只是該不會唷。

明明又不一定能聽到他對我說：「我喜歡妳。」

心情飄飄然，心裡則劈里啪啦，好像快炸開來了似的。

「我好像只要想到蓮同學，就會緊張到心臟要停了……要不然乾脆我自己先說出來好了……」

居然把這麼可愛的我晾在一邊，讓我獨自期待，這個人真的有問題。

再加上還有琴乃這個最大的勁敵在，太糟糕了，琴乃可是個超級強敵耶。

況且我還不知道自己能自由地談戀愛到什麼時候。

我最近總是會想到，要是現在的我去當偶像會怎麼樣？

不過如果去當偶像就不能跟蓮同學在一起了，所以這個問題的答案過一陣子再來回答吧。

我並未視蓮同學為枷鎖。

雖然也想要看到粉絲們開心的樣子，雖然喜歡讓大家開心，但我的人生屬於自己。所以我認為要把一切都獻給粉絲還太早了。

若要讓人幸福，自己就必須先變得幸福才行。

現在的我已經能夠如此思考了。

但偶像就算被人喜歡上，也不能否定對方的感情。

要是我就這樣繼續出演蓮同學的電影，如果能樂在其中，變得會想為自己而演戲，我去當演員應該也未嘗不可吧。

畢竟女演員不會被禁止談戀愛嘛。以前為了吸引父母的注意，我還想過要跟媽媽一樣去當演員。然而現在的我就算走上跟媽媽一樣的路，也不會為了想要被人關注而拚命掙扎，落入失去自我的慘狀才對。

「蓮同學效果真不得了耶。我居然會積極思考自己的未來，更別說是當演員了，這還曾經是我自認最遙遠的目標呢。」

明明只是喜歡上一個人而已。

我一邊心想，一邊把臉埋進靠墊裡磨蹭。

希望可以像我喜歡上蓮同學那樣，你也早一點喜歡上我吧。

蓮同學，只屬於我的製作人。

——因為對我來說，最了解我的改變的人一直都是你，非你不可。

「完成……了……」

少女與幽靈僅只一夏的物語。

「早安啊，幽靈」的完成時間，是在暑假結束的前三天，星期六。

我存好剪輯完的影片檔，立刻上傳到雲端儲存。

然後運作快停擺的腦袋，發了ＬＩＭＥ給冬姊。

『謝謝妳一直以來的照顧，終於完成了，所以我已經……』

現在回顧這段文字，簡直就像死亡訊息。

「我是真的很擔心你耶！」

冬姊小小力地往我身上敲呀敲的。我不斷向她道歉，同時心甘情願接受她的敲打。

我似乎是在強烈的睡意下傳出了這段ＬＩＭＥ，然後就睡倒了。

而且因為我在剪輯途中一直想著要對冬姊說的話，思考想告訴她的事，結果好像直接把那些

十、但願能成為你心中最棒的「偶像」

訊息給發出去的樣子。

要是突然收到這種訊息，我也會怕得不得了吧。

「倘若蓮不在，我就活不下去了……！蓮希望這樣嗎？」

「妳會不會說得太誇張了？」

「你再說一次？」

「啊，對不起。我好像沒資格說這種話。」

「的確沒有。我的行程表整個大亂了！」

冬姊一看到我傳的訊息，工作完成後的當天晚上便立刻飛奔了回來。

「蓮的爸媽也不接電話。你知道在錄節目時的我的心情嗎！知道我多擔心嗎！」她這麼說著，還表示：「趕過來一看，蓮竟然閉著眼睛趴在書桌上一動也不動。拜託別這樣好不好！」

我才想抱怨，一睜開眼就看到冬姊漂亮的臉蛋近距離出現在面前，我嚇得可不輕耶。但講出來的話我一定又會被瞪，還是閉嘴好了。

「那個……真的很對不起……」

「算了，明天的工作從中午開始，我今天會住在老家就是了。明天你絕對要來送我唷。」

「不管早上幾點，我都願意為您送行。」

「五點可以嗎？」

「唔……！我一定會起床的！」

「那我就期待一下嘍。」

看到我的反應，冬姊露出惡作劇般的笑容嗤嗤笑了。我心想著「她應該不是認真的吧？」同時決定今晚要設定四個鬧鐘再睡覺。

「話說回來，蓮有東西要給我看對吧？甚至都把我叫來了。」

「啊，對喔。我有東西要給妳看！雖然沒有打算用那種方式叫妳來，不過我真的完成了。」

「完成……什麼了？」

「這個。」

我打開筆電，點開我奮力剪輯到昨天的檔案。

「……這是什麼的影片？」

「妳看過就知道啦。三十分鐘左右而已，願意看的話我會很高興……的。」

看到電影慢慢開始，我緊張得講話都怪怪的了。

因為這還是我第一次把它給別人看。

這部電影，我還沒有給香澄與琴乃看過。

——因為我無論如何，都希望冬姊能第一個看到它。

「『竟然有人願意跟我說話，如果是夢，還真希望不要起來呢。妳真的是幽靈嗎？』」

「『呵呵，是真的唷。我不知道天堂要怎麼去，什麼地方都去不了，所以一直在這裡。』」

「早安啊，幽靈」。

孤單一人的琴乃面前，一位戴著白色面具的幽靈少女輕飄飄地現身，兩人的聲音重疊，開始了主題曲。

「這該不會是米露菲吧……？」

「對啊，我拜託她來演戲。」

「『早安啊，幽靈』原來是電影啊…………」

總覺得從剛剛開始，冬姊的反應便有一點遲鈍。

但是似乎有看進去的樣子。

她彷彿看得入迷了一般，雙眼面對著螢幕，不發一語，靜靜地盯著畫面。

說起來，為什麼我會一直想要成為某人？為什麼會想要能夠熱衷的目標？

長年抱持著幾乎可稱作執著的願望，我的動機當然就是冬姊。但那個出發點又是什麼？

「『妳該不會看得見我吧？』」

畫面中的香澄說完之後，輕輕一笑。

聽說所謂拍攝電影，比起一開始就設定要讓眾多的人觀賞，不如只專注在那個想讓他看的人身上，會比較好開始。

我在網路上一個勁地搜尋資料時，似乎看過那方面的文章。

在文化祭上拍的電影，光是要追上香澄的實力就費盡心思、用盡全力，所以腦子根本無暇思考別的事。但這次我終於有點餘力可以思考別的事情了。

「早安啊，幽靈」這部電影宛如香澄與琴乃的故事。特別是兩人都孤單一人，彼此成為對方獨一無二的摯友這點。

另一方面，我把香澄飾演的角色與冬姊重疊，琴乃扮演的角色則與我自己重疊在一起。

被留下來的少女，被留下來而變得孤身一人的少女。以及不想留下對方離開，卻不得不離去的幽靈。

對當時幼小的我而言，冬姊比父母還要關心我，猶如我的全世界。我一直想追上大我兩歲的冬姊，不想被她拋在身後。當時我單純地認為既然如此，變成一個厲害的人就好，成長到能填補我們之間的差距就行了。又或許我早有預感——當時冬姊變得非常漂亮，讓我覺得若是自己沒有變成一個特別的人，馬上就會被冬姊給拋下。

再加上我天生充滿好奇心，幾乎能做到任何事情。印象中，冬姊的表情蒙上陰霾，就是從那時候開始。我為了冬姊，拚命地想變成一個簡單明瞭的「某人」，但其實我一直沒有看清楚現實。

我至今還記得冬姊是用什麼樣的表情、什麼樣的聲音，告訴我她通過了甄選。

『你要看著我唷。我會成為偶像，變成一個會讓蓮一直看著的女生。』

她確實這麼說了。

現在想起來，冬姊彷彿想要告訴我「當偶像是個手段，目的則是我才對」，我的心裡卻只想著「我又要被拋下了」。

最後，比起看到真人的冬姊，我在電視上看到她的次數更多。

——我明明一直看著冬姊，可是冬姊應該沒有把我放在眼裡吧。

一旦這麼想，就會很懊惱、難受，讓我更加耗費力氣去尋找「真正的目標」。

我開始不看電視，也不去聽她的演唱會。現在我終於發現了，自己一直以來會對他人沒興趣，是因為總是遙望著那散發耀眼光輝的背影，並不斷追尋著她使然吧。若非如此，我一定進不了冬姊的眼裡。

但是冬姊尋求的，或許不是我所想的那些。

純粹的憧憬出現了裂痕，進而成為詛咒。

要是沒有與香澄相遇，那麼即便是五年後的今天，我的憧憬依舊是個詛咒。

但是……已經夠了，差不多該結束了。

無論是我還是冬姊，都必須好好地整理這份方向一致卻屢屢錯過的心情才行。

「『早安啊。』」

與幽靈離別的早晨，再度變回孤身一人的少女在自己房間的床上醒來。

冬姊一直專注地看著電影。

琴乃要是知道自己最喜歡的偶像以這種形式認識自己，到底會給出什麼樣的反應呀？下次見到她，一定要告訴她我跟冬姊的關係。如果是現在，我應該敢告訴她我至今所隱瞞的事情。

「『該去上學了。』」

琴乃——這位孤獨的少女出門上學了，一面懷念著已經消失的，那個女孩的種種……

「……好感傷的故事。」

「對啊。」

冬姊喃喃說道，我則注視著畫面回應她。

但是，故事由此展開。

沙。沙沙沙。沙沙沙沙沙沙沙沙沙沙沙沙沙沙沙沙沙沙沙沙沙沙沙沙沙沙沙沙沙沙沙。

畫面出現裂痕，發出聲音，開始晃動。

「『其實我打算傷害妳之後再消失的，妳知道嗎？』」

漆黑的教室中，一身純白的幽靈獨自出現。

「…………怎麼會？」

冬姊像在祈禱一般地雙手合十說道。

「『我忘不了妳。如果再也沒辦法待在最喜歡的妳身邊，無論用什麼手段，我都要把自己刻在妳心底。倘若妳知道我惡劣的本性，一定會一輩子記得我吧？』」

我偷偷看向冬姊的側臉，只見她以恐懼的神情看著畫面。

「『但是我放棄了。因為妳對我來說很重要，重要到光是「愛」也不足以傾訴。』」

因為面具遮擋而看不清她的表情，卻一眼就能看出香澄所飾演的幽靈一定正在哭泣。接著幽靈轉了一圈，這次真的消失了。

「『妳要幸福哦。』」

場景隨即轉換到琴乃飾演的少女房間。

早晨到來。少女今天也對已經不在的摯友，道了聲早晨的招呼。

「『早安啊！』」

窗簾彷彿回應了她的聲音般輕柔飄動。緊接著，畫面開始播放工作人員名單。

幽靈少女，要求匿名。孤獨的少女，久遠琴乃。還有導演，柏木蓮。

「這是什麼……」

冬姊小聲嘟囔，低下了頭。

「這到底是什麼……」

看不出她的表情。

「好厲害，太厲害了，蓮……」

但是至少反應看起來相當不錯。

「啊——真是的。這根本贏不了啊。」

突然間，她的聲音哽咽了起來。

「太好看了。」

抬起頭來的冬姊露出了哭喪的臉，但不是以前看過的冰雪融化般飄渺的表情，反而皺著五官對我笑了。

「真的是一部好電影。」

聽到她的一句話，這個瞬間，我的淚腺也跟著潰堤，淚水滴答落下。

我一直想與冬姊並駕齊驅。然而在知道自己辦不到卻總是逞強的日子裡，冬姊已經到了我觸及不到的高度。

但不管我怎麼想，她就在這裡，因為她是我唯一的青梅竹馬。

「冬姊，謝謝妳。我一直…………很想要一個可以像這樣讓我認真面對的目標！」

我不由得綻放笑容。

啊，我終於，終於說出口了。

等待冬姊的抽泣平靜到一個程度後，她把自己站隊伍中央跳舞的舞蹈練習影片給我看，然後說道：

「我也有事要跟蓮報告。我很厲害唷！下次的單曲，經紀公司也決定要讓我站C位了！」

站在中間的冬姊看起來閃閃發光，宛如別的世界的人。可是我知道，那其實是她經歷嘔心瀝血般的努力得到的成果。

我早已知曉，偶像不是只依靠閃亮的光環就能成立的身分。

「那些在酸cider×cider沒有香澄美瑠就不會紅的傢伙，我要給他們好看。看到你給我看的東西，我也沒空說喪氣話了呢！」

「妳好厲害，我會幫妳加油的。」

我會幫妳加油——這句常說的話，我有多久沒有投入真情在其中了呢？

冬姊漸漸遠離我而去，我卻不會感到寂寞，這到底是為什麼呢？雖然我無法將其組織成話語，不過……

「我會幫妳加油，妳的演唱會我絕對會去看。我會在最顯眼的地方用力呼喊『小冬』！」

最重要的是那個瞬間，那個冬姊告訴我「我要成為偶像」的瞬間……

冬姊可能也與我懷抱著相同的心情。我現在終於注意到了。

之後，冬姊表示：「經紀人要我快點回去，他在生氣了。」開始著手準備回程。

我望著冬姊收拾的樣子，彷彿在作夢一般。

「有朝一日我們能一起工作就好了呢。」

直到冬姊坐上車對我說了這句話，我的意識才回到身體。從今以後，我可以毫無顧慮地去看演唱會，能跟琴乃提及這件事，和香澄聊天時提到冬姊也不用再緊張了。

然後不知為何，我覺得冬姊那種引人遐想的發言，以後應該不會再出現了。

「…………好喜歡她啊～」

冬姊她，一定是我的初戀。

我回到房間，關掉筆電。

接著為了幫房間換氣而敞開窗戶。

殘留在房間內的，香草般的甘甜香味，混入夜風中飄散而去。

Side：白樺冬華

「呼啊啊啊啊啊啊啊啊…………！」

一直行駛到看不到蓮的家為止，我才把車停到路邊。

某個東西徹底結束了，我與蓮的某個東西。

長久以來我死命聯繫著的那個東西，似乎意外地脆弱不堪。

「我才……不承認。你太厲害了，所以我絕對不承認……！」

蓮的電影很像業餘作品。

與我平常拍過的那種幹練的專業作品特有的感覺完全不同。

可是播出製作人員名單的瞬間，我卻不明所以地哭了出來。

為什麼我沒有在上面？為什麼製作人員名單上沒有我的名字？

為什麼一切都結束了以後才要通知我？為什麼我不是同伴，為什麼必須退居一步才行？

「這種事……」

——因為我選擇了偶像，不是蓮。

我本來以為自己隨時都能辭掉偶像。

因為我會成為偶像，只是為了讓蓮憧憬我而已，只是因為我很適合才做此選擇而已，並不是自己想當偶像。但是被選上C位的剎那，我開心到一瞬間把蓮的事情忘到九霄雲外。

電影當中，米露菲浮現出我從未見過的，自然的微笑。

……讓我打從心裡覺得自己贏不過她，眼淚也流了下來。

當我說了「好感傷的故事」時，其實是打算狠狠諷刺蓮一下，設法讓他注意到我。

我不想輸給米露菲。

然而當故事迎來結局之際，從我嘴裡吐露出來的卻只有嗚咽聲。

因為那……太狡猾了。那種結局……那最後一幕……簡直就像對著我說一樣。

我當偶像只是為了不被蓮給忘掉才堅持下來而已……嗎？

「…………怎麼……可能。」

畢竟要是有別的工作能換，我早就把偶像辭去了。

因為那個對任何事物都一臉不感興趣的蓮，看著淚流滿面的我，露出了無比高興的笑容。

因為那個表情我第一次見到。

正因為蓮不願意看我，我才會為了奪走他的視線而拚盡全力。但是到後來看不清周圍的反而是我啊。

我總是一心想著要讓蓮看向自己，不曾考慮過他的幸福。

看過電影後，我終於察覺這件事，終於注意到這才是蓮想要的。

而埋下那顆種子的不是我。

「不要說著我不知道的話啊……！」

別用我沒見過的表情笑啊。這樣簡直就像陌生人了不是嗎……

一旦離他如此遙遠，會變成陌生人也是當然的吧。當我重新思考過後，力氣頓時從身體裡流失。

我應該也感到滿足了。畢竟蓮把他細心完成的作品給我看，還說要幫我加油。因為平常總感覺蓮離我很遙遠，但是今天我聽到了他的心聲，讓我得知他的心裡確實有我的存在，甚至超乎我的想像。

虛脫的我順勢趴倒在方向盤上，垂下的髮絲占滿了視線。

我就那樣閉上雙眼。

「我所知道的蓮，是個什麼樣的孩子呢？」

我差不多也該承認他那與現實有所差距的身姿才行了。

因為蓮已經不再是那個總是跟在我身後的小孩子。

什麼都辦不到的我，可以如此地被——什麼都做得到的——蓮所尊敬，讓我很開心。

因此才希望他能一直看著我。但這勢必無法如願，所以我才決心要在蓮追不上的地方大放異彩給他看。

「……這如果不是戀愛，那到底是什麼？」

自我認同慾、保護慾、執著。

無論哪個詞都不足以修飾這份感情，讓我焦慮不已。

但是現在，不管這份感情為何，我想也無須為它取名。可以悄悄地收起來，珍愛地藏在心底，直到有朝一日能夠悼念它為止。

硬要說個詞彙來形容這份情感，就是「珍視」吧。就像那個幽靈一樣，滿腦子只想著要讓自己得到回報的我，比誰都要珍視著蓮，重視到甚至覺得只要他能夠幸福就可以了。

蓮經常說著「想要『真正的目標』」，我想自己一定也跟他一樣吧。

我的周圍都是比我還要有能力的人，這曾經使我也想要一件只有自己能做到的事，想要一個只屬於自己的歸屬。

但是我想，其實不是那樣。

因為蓮的青梅竹馬在這個世界上只有我一個人。只要有這個身分，我就是最特別的。

——現在的我，光是這樣就十分滿足了。

妝容ＯＫ，髮型ＯＫ，表情ＯＫ，服裝ＯＫ。

每當在休息室作演唱會的準備時，我都會非常緊張。

我看著照映在鏡子裡的自己，揚起嘴角。

「很好，今天也很可愛！」

要是告訴蓮我們正在巡迴表演中，一定會被他罵吧，因此那時我沒有告訴他「其實現在cider×cider正熱烈展開巡迴表演」。昨天回來以後，我立刻冰敷眼睛，所以現在沒有腫起來，妝也很服貼。

雖然我沒有招待蓮，也沒有親口通知蓮。但我可是在這個狀況下去見你的。你就在哪家新聞得知消息，變得更重視我，然後對我感到抱歉吧。

我一邊想著，一邊握好主辦方為我準備的麥克風。

有如大海般的深藍色。雖說對偶像來說粉色才是王道，但是這個團體的C位從今天開始由我擔任。

「準備好了嗎？距離開始還有五、四、三、二——」

開始倒數了。

從這個階段開始，時間總是稍縱即逝。

站上舞台，全身沐浴在螢光棒的光輝中。

這也是一如往常的事。但……

「奇……怪？」

我聽得見粉絲的聲音，他們的聲音大到耳麥的聲音傳不進耳裡。

明明我總是在觀眾席中尋找蓮的身影，我只會和蓮正眼相視。

今天我卻……能夠和觀眾席中的所有人一個個對上眼。

那讓我十分舒適，彷彿這裡（舞台上）才是我的歸屬一般，讓人胸口一緊，感到有些心癢難耐。

——偶像……原本是這樣的嗎？

我的雙耳依稀記得米露菲站C位時，我所聽到的巨大歡呼聲。

為何那時我會同意她辭去偶像呢？我不就只能一直追尋著幻影了嗎？面對已經不在的人物，不就無法超越了嗎？

這是慶幸米露菲離開的反思。她辭去偶像以後，我時常在思考那些事，但看到今天的觀眾席，我突然覺得——這樣也不錯。

為了保持蓮的青梅竹馬地位，我把自己逼得很緊，不顧形象地執著於偶像。在這個過程中，說我完全沒有萌生感情是不可能的。

對我來說，偶像還有更多意義存在。

我想把cider×cider推廣給更多人知道。

想和團員們一起看到全新的景色。那會是米露菲沒看過的景緻，是連她也不知道的頂點！

想想便能得出結論了吧。要是我這麼珍視蓮，要是我不想讓米露菲奪走他，只要辭掉偶像的工作就好了。

再怎麼說，偶像都是禁止談戀愛的呀。

即使如此，我依舊沒有辭去偶像。甚至還把──我其實很喜歡的──米露菲介紹給蓮。

以及我像這樣依然在此高歌，都是因為……

「……謝謝你，蓮。是你給了我真正的目標。」

我想為了自己，以及為我揮舞螢光棒的粉絲們而唱。

因為我選擇的是這條路。

因為要是我不作為自己而活，必將無法堅持下去。

「各位──！謝謝你們！」

謝謝你們讓我──讓我這個內向陰沉的人，能在這炙熱耀眼的光芒中綻放光輝。

謝謝你們接納我。

欸……蓮，謝謝你使我成為偶像。

活到現在，我從沒想過自己能過上如此受人愛戴的人生。

「原來我……沒辦法讓你幸福啊～」

所以，雖然很不甘心，但我也不會對你說：「要幸福喔。」

但願你的憧憬（偶像），往後依舊是我。

但願如此。

十一、夏天的結束，是與你的開始

冬姊返回東京的隔一天——

我打了一通電話給琴乃。

「喂？」

『喂？怎麼了嗎？好突然喔。』

她聲音的音調一如往常。

因為太過平常，反而讓我已決的心意有點動搖。

「跟妳說喔，電影……完成了。」

『真的嗎！什麼時候做完的？』

「昨天晚上。」

『這樣啊。那你可以跟文化祭那時候一樣，直接傳ＬＩＭＥ給我就好了啊。』

確實如此。

但我想講的不是這件事，所以才打了電話過去。

「呃～可是我想要直接給妳看，所以明天白天之類的……」

『我今天可是很忙的唷。』

「什麼意思？」

『中午開始有cider×cider的演唱會。今天的小冬真的超厲害的。平常的表演就已經很厲害了，可是今天她沒有那種走投無路的氛圍，感覺就像溫柔地包容大家一樣。對了，她連續發表了兩首新歌，而且都站C位耶！已經可以說她是不動C位了吧！』

「哦～是喔？」

冬姊確實說過明天有工作，卻沒想到是演唱會表演。我還讓她在那種狀況來見我，等一下必須聯絡冬姊跟她道謝，還要祝賀她演出成功才行。

『cider×cider她們呀，自從米露菲退出以後低迷了好一陣子。可是上次的曲子一口氣爆紅，現在發展的趨勢很不錯耶！這樣要超越米露菲也不是作夢了吧！』

「有那麼厲害喔？」

『沒錯！聽說她們要在舉辦過奧運的場地開演唱會唷！米露菲還在團裡的時候也沒有達成過呢！我真的有夠高興的。雖然舞台離觀眾席的距離當然是很遠啦，但是現在的小冬一定可以找到我吧！』

琴乃興致勃勃地繼續說道：

『況且我不是獨自參戰喔。你猜誰會陪我去？是我爸爸。他親口提出想要跟我去看演唱會唷！真的會讓人嚇一跳對不對？』

「琴乃，妳今天好像……」

『嗯，今天是發生很多好事的一天。真的有夠累的，我們明天不能見面了。所以……』

她故作朝氣蓬勃的聲音，在電話的另一端顫抖著。

『所以……！你要甩掉我就快點甩！』

全都被她察覺到了。

琴乃全都猜到了，卻還接起我的電話嗎？

「…………嗯。」

我不能再讓她蒙羞。

我做好覺悟，開口道：

「我喜歡香澄。」

『……嗯。』

「我打算明天跟她告白。」

『…………』

「所以我不能跟琴乃交往，對不起。」

『我早就……發現了，這些事情我都知道。畢竟不管美瑠在哪裡，柏木同學的目光都會追著她跑啊。』

我心中忽然想到「還好是打電話」，有這種想法的我實在是個卑鄙的傢伙。

要是琴乃在眼前的話，我可能就沒辦法清楚說出來了。

但那是因為我喜歡的是香澄，琴乃又是我重要的朋友，所以才會這樣想。

『我以前很喜歡柏木同學。現在也喜歡，最喜歡你了。』

「……謝謝。」

『不客氣……！我打從一開始就知道這場戀情會害自己受傷，卻很慶幸自己有喜歡上你。』

琴乃只留下這段話，便掛斷電話。

那之後，我以為琴乃在看我用ＬＩＭＥ傳過去的電影，結果她傳了訊息過來，上面寫著：

『就算你被美瑠甩了，我也不會安慰你的。』十分挖苦人。

我嘟囔著：「不用妳說我也知道啦。」把手機丟到床上。

然而手機剛落到床上，通知又響了起來。

「…………又怎樣啦？」

我慢吞吞地撿起手機，看到琴乃傳來的追加訊息寫著：

『我可不會放棄跟柏木同學當朋友喔。』

「這是我的台詞啦。」

我感受著自己的眼眶發熱，解除手機的密碼把ＬＩＭＥ打開。

熬過這個緊張到睡不著的夜晚，終於迎來今日了。

在與香澄相遇的有觀景台的公園，我一邊重看著「早安啊，幽靈」，一邊恍惚地想著我們初次交談時講了哪些內容。儘管沒有記得很詳盡，但我倒是確切記得她當時偶像氣場全開的樣子。

一想到這裡，我深深感受到現在的香澄真的成長了不少。

這部電影已經在昨天晚上送去比賽了。

但是事到如今，我還在想這裡或許該這樣比較好，那裡或許該那樣比較好。不安的情緒如沸水中的泡泡湧現，討厭死了。

「我果然喜歡她啊～」

香澄一襲白色洋裝的身影，大大放映在手機畫面中。

不想讓任何人看見，卻又想炫耀給全世界的人看。

就連自己也不明所以的矛盾情愫交織在一起，實在太痛苦了。妳就不能快點來嗎？

我跟——動也不動的——時鐘指針大眼瞪小眼。突然間，一道聲音傳入耳中，那道嗓音已經沒有以前那麼甜膩了。

「讓你久等了，有等很久嗎？」

「……沒有啊。」

「騙人，樹葉都掉在蓮同學手上了。」

我所坐著的長椅邊有棵櫻花樹，香澄就站在樹下。她身穿休閒風格的服裝，很有夏日氛圍。

接著，香澄朝著櫻花樹伸出手指說：

「我喜歡櫻花，喜歡春天，也喜歡章魚燒，喜歡學校。現在也喜歡上電影了。」

「哦——很厲害嘛。妳的喜好現在都變得很明確了耶。」

「嗯……在你的企畫下，我都搞清楚了。」

香澄說著，開心地笑了。

「我已經被你影響到沒有你就活不下去了呢。」

「咦？」

「在我的人格當中有蓮同學的存在。」

指向櫻花樹的手指轉移到我身上。

「自從蓮同學把『今後的人生』交給我的瞬間開始，我的每一天都有你在身邊。」

「……等，香澄妳等一下。」

不對，不是這樣吧？今天應該要由我——！

「我一直在想啊，你要叫我『香澄』到什麼時候呢？叫叫我的名字嘛。」

「呃，那個……」

「反正姓氏會變得一樣不是嗎？」

「什麼啦？」

今天的香澄到底怎麼了？

臉頰變得紅通通的，簡直就像熟透的蘋果一樣。

但是她好像沒有打算停止。

「也就是說，那個……我想你應該已經知道了。我想要成為蓮同學努力的理由，想要一直在你的身邊，所以……」

欲言又止的香澄把她的緊張傳染給我，連我也開始冒汗了。

「所以我……」

香澄說到這裡，深呼吸了一口氣，彷彿將從喉嚨呼之欲出的話語給吞回去一般，然後露出對自己感到無奈的表情，使勁捏了自己軟嫩的臉頰。

「這樣不行。不能用這種不曉得在哪裡聽過的偶像台詞，必須用我自己的話來傳達才可以……」

原本想要由我來告白。

但是香澄用心意已決的眼神看向我，使我說不出口。

我靜靜地，筆直地望向她漸漸泛紅的眼睛。

「我……喜歡你，真的好喜歡你。不要當我的粉絲，當我的戀人可以嗎？」

這個問題，我的答案早就決定了。

我從椅子上站起來，緊緊抱住以濕潤的眼神抬頭望著我的美瑠。

為使她能聽見我胸中嘈雜的鼓動，我用盡全力擁抱她。

後記

初次見面，或者該說好久不見。

在下是飴月。

感謝各位讀者願意接續前一集，再度拿起《隔壁的偶像》（簡稱）。

換上夏季服裝的美瑠真的太耀眼了，我好高興，當編輯大人把封面插圖給我看的時候，我可是盯著她一整天呢。向日葵花田實在太讚了。

假如說上一集的故事是以美瑠為主，這一集就是以琴乃為主了。我是以這個打算撰寫本集的。就我個人來說，我認為琴乃是最普通的女孩子，所以要是有成功詮釋出普通的女生才能感受到的痛苦與心酸，那就太好了。

我很喜歡那種「注意到自己很可愛」的女生，所以美瑠是那種會讓我寫起來會很開心的女孩。也因此我猜想琴乃一定很心累。以琴乃的角度寫故事時，我總是覺得胃很痛。琴乃，妳一定要獲得幸福啊……！

前陣子參加偶像的演唱會之際，我看到整個會場都被螢光棒的光芒照亮，讓我再一次細細體

認到——原來美瑠與冬華就是身處在這片景色之中啊。於是我想到：「一定有在這片光芒之中才能看到的景色吧？」這個念頭使我回想起冬華，讓人為她揪心。

雖然偶像是個遙遠的存在，但是在這部作品中，我對冬華最有感情。

這是我的作品第一次出了第二集，所以也對故事發展猶豫很久。但是無論哪個角色的個性都很豐富，讓我寫故事寫得很開心。

最後請容我聊表謝意。

感謝編輯大人，認真與我多次會談。

感謝美和野らぐ老師，把夏季打扮的美瑠畫得如此剔透玲瓏。

感謝校正人員，幫我指正出——不知道為什麼，在執筆時會沒注意到的——矛盾。

感謝印刷廠的各位與業務們，以及參與本作品出版的所有相關人員。

以及現在正在閱讀後記的您，本人在此打從心底致上謝意。

真的真的，非常感謝大家！

二〇二二年八月　飴月

國家圖書館出版品預行編目資料

坐我隔壁的前偶像,要是沒我的企畫就無法過日常生活/飴月作；陳柏安譯. -- 初版. -- 臺北市：臺灣角川股份有限公司, 2024.03-

冊；　公分

譯自：隣の席の元アイドルは、俺のプロデュースがないと生きていけない

ISBN 978-626-378-632-5(第2冊：平裝)

861.57　　113000355

Kadokawa
Fantastic
Novels

坐我隔壁的前偶像，要是沒我的企畫就無法過日常生活 2

（原著名：隣の席の元アイドルは、俺のプロデュースがないと生きていけない 2）

2024年3月11日　初版第1刷發行

作　　者：飴月
插　　畫：美和野らぐ
譯　　者：陳柏安

發 行 人：台灣角川股份有限公司
總　　監：呂慧君
總 編 輯：蔡佩芬
主　　編：林秀儒
編　　輯：邱瓈萱
設計指導：陳晞叡
美術設計：李思穎
印　　務：李明修（主任）、張加恩（主任）、張凱棋

發 行 所：台灣角川股份有限公司
地　　址：104台北市中山區松江路223號3樓
電　　話：（02）2515-3000
傳　　真：（02）2515-0033
網　　址：www.kadokawa.com.tw
劃撥帳戶：台灣角川股份有限公司
劃撥帳號：19487412
法律顧問：有澤法律事務所
製　　版：尚騰印刷事業有限公司
ＩＳＢＮ：978-626-378-632-5

※版權所有，未經許可，不許轉載。
※本書如有破損、裝訂錯誤，請持購買憑證回原購買處或連同憑證寄回出版社更換。

TONARI NO SEKI NO MOTOIDOL WA, ORE NO PRODUCEGA NAITO IKITEIKENAI Vol.2
©ametsuki, Miwano Rag 2022
First published in Japan in 2022 by KADOKAWA CORPORATION, Tokyo.
Complex Chinese translation rights arranged with KADOKAWA CORPORATION, Tokyo.